PODEJRZANY

PAULINA ŚWIST

PODEJRZANY

AKURAT

Projekt okładki: *Mariusz Banachowicz*
Redakcja: *Monika Frączak*
Redakcja techniczna: *Karolina Bendykowska*
Korekta: *Maria Śleszyńska, Katarzyna Szajowska*

Zdjęcia na okładce
© CURAphotography/Shutterstock
© Kira Vasilevski/Shutterstock

ISBN 978-83-287-0967-6

Wydawnictwo Akurat
Wydanie I
Warszawa 2018

Bratu, dzięki któremu w wieku siedmiu lat znałam wszystkie kawałki Gunsów, nie znając ani jednego kawałka Majki Jeżowskiej. Znałam cały skład Milanu, nie wiedząc, kto to Barbie i Ken. Wiedziałam, co to spalony. Poznałam, co to życie w stresie z toksycznym sąsiadem i uodporniłam się na mobbing. Nauczyłam się gry w pokera i tego, że nauka kosztuje…

7 marca 2014 roku

Rozejrzałem się po leśnej polanie. Idealna. Pogoda, jak na marzec, też była całkiem niezła. Wrzuciłem bluzę do bagażnika i przeciągnąłem się. Potem zacząłem truchtać w miejscu, stopniowo zwiększając tempo. Parę skipów, kilka skrętów tułowia. Rozgrzałem też ramiona i nadgarstki. Sprzedałem kilkanaście kopów w drzewo. Na koniec przechyliłem parę razy głowę w lewo i prawo. Wyciągnąłem z bagażnika rękawiczki do MMA i ochraniacz na zęby.

– „Siwy" martwi się o swoje białe ząbki. – Usłyszałem głos za plecami. Uśmiechnąłem się i odwróciłem w stronę Przemka.

– Wieczorem mam imprezę. Poza tym jak dociągniesz do moich lat, to się nauczysz, że lepiej zapobiegać niż leczyć.

– Senseju – powiedział Przemek z szyderczym zachwytem i podciągnął dresowe spodnie.

Lubiłem gnojka. Miał dwadzieścia jeden lat i przypominał mnie, kiedy byłem w jego wieku. Doskonale wiedziałem, że jestem za stary, żeby jeszcze się w to bawić. Jednak wizja tego, jak zmieni się moje życie za kilka miesięcy, spowodowała, że zaczynałem wracać do starych nawyków. Złych nawyków. Nie byłem już gówniarzem i doskonale zdawałem sobie sprawę, że znów pakuję się w bagno. Im bardziej to sobie uświadamiałem, tym mocniej brnąłem. Zaczęło się od tego, że zupełnie niepotrzebnie polazłem do jednej z katowickich dyskotek. Spotkałem kumpla z dawnych lat. Zaprosił mnie do stolika i od słowa do słowa, od kreski do kreski wylądowałem na ustawce w środku lasu.

– Nie wygodniej byłoby ci w dresie? – Przemek wymownie popatrzył na moje bojówki.

– Dałbym sobie z nimi radę nawet w kiecce.

– Tak myślisz?

– Krótkiej kiecce w kwiatki.

– To wcale nie jest słaba ekipa… – zaczął Przemek.

– Widać, że wcześniej nie widziałeś go w akcji – wtrącił się Roman, który podszedł do nas i podał mi rękę. – Dobrze, że wróciłeś. Widzisz tego po prawej? – Wskazał głową na kolesi po drugiej stronie polanki. Skrajnie po prawej rozgrzewał się wysoki facet. Góra mięcha.

– No.

– Były mistrz Śląska w boksie. Będzie z nim problem.

– Nie będzie. – Uśmiechnąłem się pewnie i włożyłem do ust ochraniacz, potem włożyłem rękawice i stanąłem w linii z chłopakami.

Popatrzyłem na Romana, który wyszedł na środek i rozmawiał o czymś z równie wielkim kolesiem z drugiej ekipy. Podali sobie ręce. Roman wrócił do nas.

– Dwudziestu na dwudziestu. Bez sprzętu, ale to wiecie. Zasady jak zawsze: nie skakać po głowach, olać leżących i jeśli jakiś cipeusz od nich powie: „basta", to go nie lejcie. Cały czas w grupie, bark w bark! NAPIERDALAMY! – ryknął. Poczułem uderzenie adrealiny. Dobrze znałem to uczucie. Dobiegliśmy do drugiej ekipy. Na pierwszy strzał poszedł jakiś koleś, który zaplątał się na drodze do byłego mistrza Śląska. Nie wstał. W końcu dopadłem celu. Akurat lał jednego z naszych. Młody chłopak dostał cios, po którym najwyraźniej miał dość, bo usłyszałem, jak zbolałym głosem jęczy: „basta". Facet zostawił małolata i podniósł głowę. Nie miałem zamiaru go lekceważyć. Wiedziałem, że jeśli trafi mnie pięścią, prawdopodobnie skończę niczym Kojot Wiluś po zderzeniu z pociągiem. Zrobiłem unik, a potem wyprowadziłem potężne, na szczęście celne, kopnięcie prosto w wątrobę. Zamroczyło go. Wiedziałem, że muszę wykorzystać okazję. Błyskawicznie doskoczyłem do niego i zacząłem okładać. Wylądował na ziemi.

– Uważaj! Plecy! – Krzyknął do mnie Przemek.

Odwróciłem się szybko i instynktownie wyjebałem z łokcia chłopakowi, który najwyraźniej chciał mnie wywrócić na ziemię. Rozejrzałem się. Minęło zaledwie kilka minut i już było po wszystkim.

– TORCIDA, TORCIDA! – Usłyszałem za plecami i uśmiechnąłem się szeroko, wyjmując ochraniacz z ust.

***

Zaparkowałam przed hotelem Sevilla i wyszłam na mroźne powietrze. Była trzecia nad ranem. Łukasz zadzwonił o drugiej, rzucił, że mam go odebrać za godzinę i rozłączył się, nie czekając na moją odpowiedź, a potem przestał odbierać telefon. Humorek miałam przez to mocno średni. Nie wiem, jak dałam się namówić na robienie dziś za kierowcę. Obiecałam sobie solennie, że to przedostatni raz. Weszłam do recepcji wściekła jak osa i zapytałam o imprezę sekcji sportów walki. Recepcjonistka zmierzyła mnie takim wzrokiem, że od razu wiedziałam, że chłopaki raczej nie były grzeczne, a mój wygląd zapewne podpowiadał jej, że kłopoty będą jeszcze większe. Patrzyłam z uśmiechem, jak obcina moją mini i czarne skórzane kozaki. Jej aprobaty nie zyskała też skórzana kurtka, kończąca się zaraz pod biustem. W samochodzie miałam płaszcz, ale nie zamierzałam jej o tym informować. Wracałam z imprezy w Katowicach. Party było tematyczne i nosiło nazwę: „Kurwy i księża". Jakoś nie czułam pociągu do sutanny, więc wybrałam drugą opcję.

– Trzecie piętro – wypluła z pogardą. Wspaniałomyślnie postanowiłam ją zignorować i poszłam w stronę windy.

Nacisnęłam przycisk i gapiłam się w srebrne drzwi. Usłyszałam śmiechy dobiegające z ustawionych za windą foteli. Siedziało tam trzech około dwudziestoletnich chłopaczków. Wyglądali na mocno pijanych. Jeden z nich wstał i chwiejnym krokiem ruszył w moją stronę. Ponownie nacisnęłam przycisk przywołujący windę.

– Idziesz na imprezę? – zagadał, chuchając odorem przetrawionego piwa. To była kropla, która przelała czarę goryczy. Nie wytrzymałam.

– Nie, kurwa, na ryby.

Kumple mojego adoratora wybuchnęli śmiechem, a na jego twarzy zobaczyłam wściekłość. Niedobrze... Znów mój język był szybszy niż głowa.

– Słuchaj, dziwko... – zaczął, łapiąc mnie za ramię. – Zaraz możemy pogadać inaczej.

– Sebek, bądź grzecznym żulem i sprawdź, czy cię nie ma przy automatach. Pani jest ze mną. – Usłyszałam za sobą głęboki głos.

Troglodyta puścił moją rękę, a ja odwróciłam się i uderzyłam prosto w tors jakiegoś faceta. Cofnęłam się i uniosłam wzrok. Przede mną stał blondyn, około sto osiemdziesiąt pięć centymetrów wzrostu. Miał czarne dżinsy, prawie całkowicie rozpiętą koszulę, która ukazywała naprawdę imponujące mięśnie a na szyi nieśmiertelniki. Na klatce piersiowej widać było tatuaż – wyglądał tak, jakby zajmował większą partię ciała, a na torsie było tylko jego wykończenie. Patrzyłam na niego z otwartą buzią. Stan jego stroju wskazywał na to, że nie był trzeźwy, ale jego spojrzenie całkowicie temu przeczyło.

– Wchodź. – Popchnął mnie lekko w stronę otwartych drzwi windy i wcisnął guzik trzeciego piętra.

– Przepraszam, „Siwy", nie wiedziałem – jąkał się Sebek, wpatrując się w niego z przestrachem.

***

Impreza nabierała tempa, a ja nie spałem od trzydziestu godzin. Musiałem jakoś się wzmocnić, bo jeszcze chwilka i skończyłbym pod stołem. Zwinąłem się na chwilę i zszedłem na parter. Poszedłem do hotelowego baru i zamówiłem red bulla. Usiadłem w wolnej loży i kiedy barman nie patrzył, wsypałem do szklanki gram amfy. Zamieszałem i błyskawicznie wypiłem. Nagle obok mnie usiadła jakaś „rycząca czterdziecha".

– Widziałam, co zrobiłeś. Załatwisz mi też takiego drinka?

Popatrzyła na mnie i oblizała usta.

Pięć na dziesięć, oceniłem ją błyskawicznie. Światło było przytłumione, a ja nie widziałem tu zbyt wielu innych opcji. W sumie czemu nie? Zmierzyłem ją wzrokiem.

– A co z tego będę miał?

– Dotrzymam ci towarzystwa. – Oparła rękę o mój tors i powoli zaczęła rozpinać mi guziki koszuli. Była mocno pijana i jeszcze bardziej napalona. Uśmiechnąłem się lekceważąco i odtrąciłem jej rękę.

– Mało.

– Zrobię ci loda. – Przeszła do konkretów.

– Zaczynasz mówić z sensem – rzuciłem, wstając. – Daj mi parę minut.

Ruszyłem w stronę lobby. Towar miałem na górze, a nie zamierzałem ciągnąć jej tam ze sobą. Poszedłem do windy. Stała przed nią naprawdę śliczna dziewczyna. Miała długie blond włosy, wściekłą minę i naciskała guzik z taką energią, jakby zamierzała przepchnąć go na drugą stronę ściany. Kabaretki, mini i kurtka blondynki wskazywały jednoznacznie, czym się zajmuje, ale nie był to dla mnie problem. Błyskawicznie zapomniałem o lasce, którą zostawiłem w barze. Już zmierzałem w jej stronę, kiedy zobaczyłem, jak podchodzi do niej jeden z gówniarzy, których znałem z meczów. Czasem wpadali do Sevilli na dyskotekę. Powiedział coś do blondynki, a ta najwyraźniej mu odpyskowała, bo usłyszałem gromki śmiech jego kumpli. Złapał ją za ramię i zaczął szarpać. Błyskawicznie znalazłem się przy nich.

– Sebek, bądź grzecznym żulem i sprawdź, czy cię nie ma przy automatach. Pani jest ze mną – powiedziałem z pobłażliwym uśmiechem.

Poznał mnie. Czasem warto było grzeszyć szpetną reputacją. Wykorzystałem to, że blondi zapomniała chwilowo języka w gębie, i popchnąłem ją w stronę windy, pakując się za nią.

– Przepraszam, „Siwy", nie wiedziałem. – Usłyszałem za sobą, ale zignorowałem gnojka.

Drzwi się zamknęły. Obróciłem się do swojej ślicznej znajomej.

– Jesteś nowa? Czemu wchodzisz sama do hotelu? Jeśli nie masz... – zastanowiłem się chwilę nad odpowiednikiem słowa „alfons" – hm... opiekuna, to musisz uprzedzić tego, który cię zamawia, żeby zszedł po ciebie. Inaczej prosisz się o problemy. A tak w ogóle, to kto cię wydzwonił i czemu nic o tym nie wiem?

* * *

Następny, który bierze mnie za kurwę, pomyślałam z rozbawieniem. Dostrzegałam śmieszną stronę tej sytuacji: co prawda nie szata zdobi człowieka, ale wystarczy jeden rzut oka na twój strój, żeby ktoś błyskawicznie zaklasyfikował cię do określonej kategorii ludzi. Ciekawe, co byś powiedział, cwaniaczku, gdybyś mnie zobaczył w służbowych ciuchach, pomyślałam i postanowiłam, że nie wyprowadzę go z błędu. Niech się czegoś nauczy.

– Przedstawił się jako Łukasz.

– „Zimny"?

Widziałam zdziwienie w jego oczach. Uff, czyli dobrze obstawiłam, że był z tej samej imprezy.

– Nie wiem. Powiedział tylko, jak ma na imię. – Trzymałam się swojej roli.

– Jego akurat bym nie podejrzewał o sprowadzanie tu dziewczyn... – Patrzył mi w oczy, jednocześnie zakładając mi za ucho kosmyk włosów. – Jeszcze pół godziny temu chciał jechać na Mariacką, twierdząc, że straszna tu posucha.

Tak bardzo zagapiłam się w jego jasnoniebieskie tęczówki, że aż podskoczyłam na dźwięk otwierających się drzwi windy.

Widok w holu trzeciego piętra był osobliwy. Grupa mężczyzn dopingowała dwóch facetów, którzy ścigali się w stronę drugiego końca korytarza. Szli na rękach. Uśmiechnęłam się.

– Świry.

– Ten z czarnymi włosami to mój brat. – Blondyn wskazał na faceta, który zdecydowanie wygrywał.

– Z łóżka bym nie wyrzuciła – powiedziałam, patrząc na seksownego bruneta.

– Stary jest. – „Siwy" uśmiechnął się, złośliwie mrużąc oczy. – Łukasz jest w jego wieku, więc też już lekko pachnie chryzantemą.

Wydęłam wargi jak ostatnia idiotka.

– Lubię doświadczonych facetów.

Blondyn wybuchnął śmiechem.

– Co to ma wspólnego z wiekiem?

– Ile masz lat?

– Trzydzieści trzy. Chyba że pytasz o lata doświadczenia... Wtedy dwadzieścia.

Przysunął się do mnie. Popatrzyłam na niego zbaraniała.

– Miałeś trzynaście lat, kiedy...? To się nadaje do prokuratury!

Chwilowo wypadłam ze swej roli, ale naprawdę byłam zszokowana. Znów się roześmiał. Najwyraźniej stanowiłam dla niego zabawne zjawisko.

– Widzę, że koleżanka praworządna. – Złapał mnie w pasie i lekko przyciągnął do siebie. – A ile panienka liczy sobie wiosen?

– Dwadzieścia pięć. To chyba znaczy, że dla mnie też jesteś za stary, co nie? – Uśmiechnęłam się złośliwie.

– Sprawdź – wyszeptał.

To, co jeszcze sekundę temu było dobrą, w zasadzie całkiem niewinną zabawą, nagle się zmieniło. Poczułam przyśpieszone tętno i rumieńce na policzkach.

* * *

Dziwka, która się rumieni! Niby nic w życiu nie było w stanie mnie już zdziwić, ale zawsze miałem dobry instynkt. Coś mi w niej bardzo, ale to bardzo nie pasowało.

– Zabierz ręce, bo ci przemodeluję tę słodką buźkę. – Usłyszałem zaraz za uchem. „Zimny".

– Nie bądź zazdrosny. – Uśmiechnąłem się szeroko. – Wiem, że to ty zadzwoniłeś po tę wspaniałą blondynkę, ale miałeś jechać z Radkiem na Mariacką. Ja za to chętnie skorzystam z jej usług.

– Beze mnie cię nie odwiezie. Zapomnij.

– O czym ty mówisz? Nie chodzi mi... – Przerwałem, bo blondynka kopnęła mnie w kostkę. Spojrzałem na nią jak na wariatkę, ale ona nie patrzyła na mnie, tylko na „Zimnego". Uśmiechnęła się do niego słodko.

– Nie odbierasz telefonu, Łukasz.

– Maryśka. Myślałem o Mariackiej. Nie chciałem ci mówić, bo nie wiedziałem, czy będzie ci się chciało mnie wozić.

„Zimny" był już najebany, ale mimo to zdziwił mnie ton jego głosu. Proszący. Chyba pierwszy raz w życiu taki u niego słyszałem. Czyżby coś ich łączyło? Prokurator i kurwa? Brzmiało jak science fiction.

– Wiesz, że jutro musisz być na chodzie? – zapytała, patrząc na niego uważnie.

Teraz naprawdę coś tu nie grało. Kompletnie nic z tego nie rozumiałem.

– I będę. Jeśli położę się o szóstej, to na dwunastą będę zdrowy.

– Dobrze. – Blondynka się uśmiechnęła. – Mam cztery miejsca. Chris Hemsworth jedzie? – rzuciła, wskazując na mnie.

– Nie – powiedział „Zimny".

– Chętnie – wypaliłem w tej samej chwili.

„Zimny" spojrzał na mnie i popukał się w czoło.

– Zapomnij.

– Łukasz...

Spojrzała na niego takim wzrokiem, że pokręcił głową i skapitulował.

– Dobra, ale łapy przy sobie. Idę po Radka i Bartiego, zejdź do auta, bo robisz tu sensację. – Wymownie spojrzał na wpatrujących się w nią chłopaków. – Nie pytam, czemu ubrałaś się jak dziwka, ale mam nadzieję, siostrzyczko, że miałaś jakiś racjonalny powód. – „Zimny" odwrócił się do nas plecami, a ja ze zdumienia wybałuszyłem oczy.

***

– Przezabawne – powiedział chłopak, wchodząc za mną do windy.

Jego mina nie wróżyła niczego dobrego, ale jakoś nie umiałam nawet udawać przestraszonej.

– Co? – Zgrywałam głupią.

– Dobrze wiesz, za kogo cię wziąłem, Marysiu.

– Nie wiem. Za kogo? – zapytałam ze złośliwym uśmiechem.

– Skrajna głupota. Gdybyś trafiła na kogoś innego, mógłby ci zrobić krzywdę. Ten idiota na dole miał na to ochotę. Ktoś powinien przełożyć cię przez kolano i wybić z głowy głupie pomysły.

Prychnęłam głośno.

– Spróbuj.

Zaczął bębnić palcami w ścianę windy.

– Nie prowokuj mnie, panno Zimnicka, bo i bez tego ręka mnie świerzbi. Skrajna nieodpowiedzialność – powiedział, a mnie z miejsca trafił szlag. Nie znał mnie nawet dwudziestu minut, a miał zamiar mnie pouczać? Wolne żarty.

– Nawet gdybym była prostytutką, to nie sądzę, żeby w czterogwiazdkowym hotelu, w dwudziestym pierwszym wieku w dużym mieście dziwka była narażona na gwałt w większym stopniu niż każda inna kobieta. Czasy Samoobrony się skończyły. Mam wrażenie, że większość facetów w tym kraju już wie, że nawet prostytutkę można zgwałcić – wygłosiłam płomienną mowę.

Uśmiechnął się cynicznie.

– Mówiłaś, że ile masz lat?

Powiedział to w taki sposób, że od razu poczułam się jak głupia małolata. Niedobrze. Rzadko który facet był w stanie wyprowadzić mnie z równowagi. Słynęłam z niej.

– Wiedziałam, że na górze jest mój brat.

– Najebany.

– Ty chyba też nie najtrzeźwiejszy. – Znów się wkurzyłam. – Koszula ci się rozpięła – dodałam złośliwie.

Chyba dopiero ja mu to uświadomiłam, bo popatrzył ze zdziwieniem na swój ubiór. Zapiął guziki. W tym momencie drzwi windy się otworzyły.

– Tu zniknąłeś. Czekam i czekam... Co z tym drinkiem? – wymruczał rudy wamp w sukience lśniącej od cekinów. W przytłumionym świetle wyglądała na trzydzieści lat. Kiedy podeszła krok bliżej, zobaczyłam naciągniętą twarz i usta pełne botoksu. Teraz obstawiałam, że w rzeczywistości miała co najmniej czterdziestkę i kartę stałego klienta u chirurga plastycznego.

– Doczekała się pani – oznajmiłam wesoło, nie patrząc na chłopaka. – Powiem Łukaszowi, że zmieniłeś zdanie co do Mariackiej.

Nie oglądając się, pomknęłam w stronę wyjścia.

Stanęłam przy samochodzie i wyjęłam swoje „linki". Nie paliłam nałogowo. W zasadzie tylko na imprezach. Dzisiejszy wieczór był jednak na tyle dziwny, że uznałam, że jest to dobra okazja. Ale facet!

– pomyślałam z zachwytem. Nie chodziło tylko o wygląd. Zwłaszcza że nie przepadałam za blondynami. Włosy miał ścięte bardzo krótko, mimo to sprawiały wrażenie wręcz białych. Ale miał coś takiego w ruchach i zachowaniu, że wiedziałam, że nie powinnam się z nim zadawać. Mógłby sobie mnie owinąć wokół palca w pięć sekund. Łukasz by mnie zabił. Jego też. W zasadzie jego najpierw. Poza tym nie miałam najmniejszej ochoty na związek. Właśnie zaczęłam aplikację i musiałam się skupić na pracy i nauce. Ale czemu by sobie nie pomarzyć?

– Nie zmieniłem.

Stanął za mną, a kiedy się odwróciłam, wyjął mi z ręki papierosa i zaciągnął się nim.

– A gdzie ta miła pani? Wróciła do sanatorium?

– Jesteś wyszczekana. Lubię takie.

– Po tej rudej lampucerze widzę, że raczej nie jesteś z tych wybrednych.

Wyjęłam mu z ręki papierosa i się zaciągnęłam. Nie spuszczał wzroku z moich ust.

– Daniel, zapomniałeś kurtki.

Drgnęłam, słysząc męski głos, i popatrzyłam na bruneta, który wcześniej chodził po korytarzu na rękach.

– Dzięki. – Daniel wziął od niego skórzaną kurtkę i włożył ją. – Poznajcie się: moja koleżanka z windy, Marysia, i mój brat Radek.

– Miło mi.

Podałam mu rękę.

– Mnie również. Jesteś siostrą Łukasza, tak? – zapytał Radek, ale nie patrzył na mnie tylko na Daniela. Ostrzegawczo.

* * *

Mimo iż mój brat wypił niesamowite ilości alkoholu, nadal miał siłę robić minę pod tytułem: „co ty odpierdalasz?". Nie przejąłem się specjalnie. Przywykłem. Byłem dla niego źródłem wiecznego rozczarowania. To on, mimo naszego dzieciństwa, wyrósł na stróża prawa i porządku. Ja natomiast ani z jednym, ani z drugim nie miałem za wiele wspólnego, i nie chciałem mieć.

– Tak. Gdzie on jest? – Marysia rzuciła papierosa i przydepnęła go kozakiem na niesamowitej szpilce. To tłumaczyło, czemu była niemal mojego wzrostu. Te obcasy miały co najmniej dziesięć centymetrów. Przypomniało mi się porno, które wczoraj oglądałem. Houston, mamy problem!

– Tu. – Głos „Zimnego" błyskawicznie rozgonił moje grzeszne myśli o jego siostrze.

STOP! Nie wpierdolę się w coś takiego nawet dla takiej laski. Niepotrzebny mi jej opętany wściekłością brat prokurator. Zwłaszcza że dobrze go znałem i wiedziałem, że mimo mojej historii nie całkiem świętego bardzo mnie lubił. Wiedziałem to wszystko, ale co z tego? I tak nie zawinąłem się do domu, choć to byłaby najlepsza opcja.

Wsiedliśmy do samochodu i pojechaliśmy w stronę Katowic. Mimo trzeciej w nocy ludzi było nadal mnóstwo, a miejsc parkingowych wcale.

– Stań tu. – „Zimny" wskazał Marysi miejsce.

– Nie zmieszczę się.

– Wjechałbym tam jelczem z naczepą – rzuciłem usłużnie z tylnego siedzenia.

– Rzecz jasna! Jest coś, w czym nie jesteś absolutnie doskonały, milordzie? – zapytała, odwracając się i patrząc na mnie jak na dupka tysiąclecia.

Westchnąłem głośno, wysiadłem i otworzyłem drzwi kierowcy.

– Zabieraj tyłek.

Marysia spojrzała na brata.

– Wysiadka – rzucił „Zimny" i wszyscy wraz z nim wyszli z auta.

Zaparkowałem bez najmniejszego problemu, po czym oddałem jej kluczyki, puszczając oko.

Nie wytrzymała i pokazała mi środkowy palec.

Korzystając z faktu, że reszta towarzystwa szła sporo przed nami, pozwoliłem sobie zapytać:

– To była propozycja?

– A co? Podobam ci się?

Najwyraźniej starała się mnie wybadać. Uśmiechnąłem się złośliwie.

– Całkiem, całkiem. Proszę pani, grosza bym od pani nie wziął!

– Wieniawa-Długoszowski. – Tym razem to ona zaskoczyła mnie, bezbłędnie odgadując, kogo zacytowałem. – Ale niestety, nie jesteś w moim typie, słodziaku.

He, he. Zapewne.

* * *

– Kto w takim razie jest w twoim typie, Mario? – zapytał Daniel. Wyraz jego oczu świadczył, że nabija się ze mnie. Oczywiście dałam się sprowokować.

– Lubię brunetów. Powyżej metr dziewięćdziesiąt wzrostu. Z zielonymi oczami… – Bezczelnie wymieniłam wszystkie cechy, których nie posiadał.

– Jak twój brat?

– Tak. Tylko że statecznych, szarmanckich, wiernych i odpowiedzialnych.

– Czyli nie jak twój brat.

Daniel skinął głową w kierunku Łukasza. Na jego szyi zawisła właśnie jakaś panienka. Na oko studentka, więc pewnie młodsza od niego o jakieś piętnaście lat. Ode mnie też co najmniej o trzy. Westchnęłam.

– Łukasz, weź kolegów i chodźcie do Lemona – ekscytowała się małolata. – My tam idziemy z dziewczynami.

Poczułam się, jakbym oglądała kolejny odcinek *My Super Sweet 16* na MTV.

– Skąd on je bierze? One wszystkie są takie same! Hodują je gdzieś? – rzuciłam szeptem do Daniela.

– Kiedyś też go o to pytałem. – Zaśmiał się prosto do mojego ucha. – Magia internetu.

Kiedy musnął moje włosy, poczułam dreszcz biegnący wzdłuż kręgosłupa. Pięknie. W tym momencie zobaczyłam, że przygląda nam się Radek.

– Twój brat chyba mnie nie lubi albo mam coś na twarzy – powiedziałam wciąż szeptem.

– Nie sądzę. – Daniel wybuchnął śmiechem. – To policjant. Wszędzie węszy spisek. Pewnie domyśla się, że będą kłopoty. Bo będą, prawda?

Uśmiechnął się krzywo.

– Intuicja mi podpowiada, że lubisz kłopoty. – Znów nie powściągnęłam języka. – Ty też jesteś policjantem? – zapytałam, ignorując jego rękę przesuwającą się po mojej talii.

– A wyglądam?

– Nie. Szczerze mówiąc, wyglądasz na bandziora.

Znów się roześmiał, ale jego oczy pozostały zimne.

– Niby czemu?

– Tatuaż – odpowiedziałam.

Odprężył się.

– Jak obiecasz, że będziesz grzeczna, to pokażę ci kiedyś całość.

Pociągnął mnie za rękę w stronę drzwi do Lemona.

– Obiecuję – powiedziałam i pokazałam mu dwa skrzyżowane palce.

– Tobie naprawdę należy się lanie. Porządne. Na razie ci daruję.

– Łaskawy pan – rzuciłam słodkim tonem, a on znów wybuchnął śmiechem.

* * *

Usiedliśmy w ogromnej loży. Patrzyłem z uśmiechem, jak Barti i „Zimny" nawijają małolatom jakieś bzdety. Radek wpatrywał się we mnie i siedzącą obok Marysię do chwili, kiedy kolejna koleżanka małolaty „Zimnego" usiadła obok niego. Miała całkiem niezły dekolt i mój brat szybciutko stracił zainteresowanie nami. Bardzo dobrze.

– Będziemy siedzieć i patrzeć na tę integrację pokoleń czy idziesz ze mną do baru? – Podniosłem się, wyciągając rękę w stronę Marii. Pomogłem jej wstać i przepchnęliśmy się w stronę czerwonej wyspy na środku dyskoteki.

– Co dla państwa? – spytał barman, a ja popatrzyłem na dziewczynę.

– Cola – rzuciła smętnie.

– Dla mnie też. Z podwójną wódką.

Zapłaciłem i podałem jej napój.

Chwilę staliśmy w milczeniu. W mojej głowie trybiki obracały się niezwykle szybko i jak zawsze zatrzymały w najbardziej nieodpowiednim miejscu.

– Dasz mi numer? – spytałem, a ona zakrztusiła się colą.

– Po co?

Popatrzyła na mnie takim wzrokiem, jakbym co najmniej zaproponował jej, żeby umyła mi auto. Najwyraźniej nie dotarło do niej, że doskonale widzę, jak na nią działam. Tego, jak ona działa na mnie, wolałem nie rozważać. Gdyby nie była siostrą „Zimnego", z pewnością już zaciągnąłbym ją w jakieś ustronne miejsce. Zamiast tego włączyłem opcję „siła spokoju" i odpowiedziałem tonem wykładowcy uniwersyteckiego:

– A po co się daje numer? Zadzwonię do ciebie i cię gdzieś zabiorę.

– Nie wiem, czy to najlepszy pomysł. Mój brat nie będzie zachwycony.

Przechyliłem głowę.

– Mówiąc: „nie będzie zachwycony", masz na myśli, że będzie toczył z ust pianę i żądał mojej głowy na tacy?

– Coś w ten deseń – przyznała z uśmiechem.

– Rozważam to od dwóch godzin i stwierdziłem, że zaryzykuję.

– Dam ci – powiedziała.

Tym razem ja zakrztusiłem się drinkiem.

– Numer dam ci, zboku – wyszeptała mi do ucha, odstawiła szklankę na bar i wyszła na parkiet. Pokręciłem głową z niedowierzaniem, cały czas obserwując jej ruchy. Jednak nie dane mi było długo cieszyć się tą pokazówką. Do baru podszedł „Zimny".

– Zwijamy się.

Marysia, zobaczywszy go, błyskawicznie do nas podeszła.

– Już? – zapytałem.

– Jest piąta.

Siostra patrzyła na niego z szyderczym uśmiechem.

– A twoja Paris Hilton?

– Przegięła z piciem i wsadziłem ją do taksówki. Tamte dwie zostały z Bartim i Radkiem, ale na nich raczej nie będziemy czekać. Mam niejasne wrażenie, że będą dziś spali w akademiku.

– Okej – westchnęła Marysia. Spojrzała na mnie. – Podrzucić cię gdzieś czy zostajesz?

– Jedziesz przez Gliwice?

Nie powstrzymałem się, choć wiedziałem, że rozsądniej byłoby powiedzieć, że zostaję do końca. Wyrwać jakąś pannę i zapomnieć o Marii Zimnickiej.

Uśmiechnęła się.

– Mogę jechać.

W czasie drogi niewiele rozmawialiśmy. Widziałam, że Marysia co chwilę zerka na „Zimnego", który przyłożył głowę do szyby.

Nie daj się wrobić, pomyślałem, widząc, że zastanawia się, czy do mnie zagadać. Byłem na trzysta procent przekonany, że Łukasz wcale nie śpi.

– No więc skoro nie jesteś ani policjantem, ani bandytą, to co robisz na co dzień?

Nasze spojrzenia spotkały się w lusterku.

– Jestem żołnierzem – odparłem, ignorując to, co krzyczało mi w głowie: że za chwilę nie będę, bo jakiś głupi chuj wprowadził ograniczenie do dwunastu lat służby, a ja nie miałem żadnego pomysłu, co zrobić ze sobą dalej.

– O kutwa. Bezapelacyjnie przepadnę.

Zrobiła minę zakochanej małolaty i zatrzepotała rzęsami.

– Dlaczego?

Znów mnie rozbawiła.

– Wiesz, jak jest... Za mundurem... i tak dalej.

Nasze spojrzenia znów spotkały się w lusterku. Uśmiechnąłem się i przyłożyłem palec do ust, wskazując głową na „Zimnego". Zrozumiała. Powiedziałem jej, gdzie ma jechać. Zebrałem się w sobie. Dość mam, kurwa, problemów. Niepotrzebna mi siostra kolegi, który na dodatek jest prokuratorem. Gdyby się o tym dowiedzieli niektórzy moi znajomi, miałbym przejebane. Przed domem podziękowałem i wysiadłem z samochodu. Wsadziłem ręce w kieszenie dżinsów i stałem, patrząc na jej auto. Przez chwilę nic się nie działo, a potem wrzuciła wsteczny, cofnęła i zatrzymała się obok mnie. Otworzyła szybę i popatrzyła na mnie z łobuzerskim uśmiechem.

– Sześć dziewięć sześć dziewięć jeden dwa sześć sześć dziewięć – powiedziała.

Wyszczerzyłem zęby.

– Sześć dziewięć, mówisz?

Pokazała mi język i zamknęła okno.

Mimo że wiedziałem, że to kurewsko zły pomysł, to powtarzając w głowie ciąg cyfr, błyskawicznie wyjąłem z kieszeni telefon.

* * *

– Co ty najlepszego wyrabiasz?

Podejrzewałam, że Łukasz nie śpi, ale stwierdziłam, że mimo to zaryzykuję i dam Danielowi numer. Trafiło mnie jak grom z jasnego nieba.

– Wiozę swojego pijanego brata do domu – odpowiedziałam spokojnie.

– Mogłaś się jeszcze posolić, popieprzyć i położyć na gorącym półmisku. Dawno nie widziałem, żeby ktoś się tak wystawił. Daniel to nie jest chłopak dla ciebie.

– Pomijając fakt, że twoim zdaniem nikt nie jest chłopakiem dla mnie, to powiedz mi dlaczego?

– Daniel jest żołnierzem. Wcześniej też nie był święty. Poza tym jest w gorącej wodzie kąpany i błyskawicznie wpada w złość. Zabiłby cię po miesiącu. Wiem, co mówię, znam cię dwadzieścia pięć lat. Masz parszywy charakter.

– Taki jak ty. Rozumiem. Czyli twoim zdaniem powinnam się rozglądać za statecznym miśkiem w kapciach, który słuchałby moich poleceń i powtarzał tylko: „Tak, kochanie", „Jak sobie życzysz, skarbie"? – zapytałam ze złością.

– Tak byłoby najlepiej – stwierdził Łukasz i znów przycisnął czoło do szyby. – Zrobisz, co zechcesz, ale nic z tego nie będzie. Jeśli ma instynkt samozachowawczy, to cię oleje. Jeśli nie ma i zrobi ci krzywdę, czego jestem pewien, to pożałuje, że się urodził.

– Nie dotkniesz go, Łukasz. Nawet palcem. – Mój głos naprawdę zabrzmiał poważnie. – Nie mam pięciu lat. Przysięgnij mi, że nie będziesz się wtrącał.

– Będziesz żałowała.

– Kurwa, jestem dorosła. Nie będziesz mi wybierał facetów, z którymi się spotykam, bo powiem matce, że skrycie marzysz o stabilizacji, tylko wstydzisz się przyznać. Wiesz, co to oznacza? Zacznie podsyłać ci córuchny swoich koleżanek, miłe panie z odzysku, oczywiście w twoim wieku.

Łukasz popatrzył na mnie ewidentnie przerażony.

– Nie ośmielisz się.

– Chcesz się przekonać, kochany braciszku? – spytałam słodko.

– Dobra. Masz rację, nie moja sprawa. Tylko nie przychodź potem do mnie z płaczem.

– Załatwione.

5 maja 2017 roku

Zadzwoniłem do drzwi. Drzwi uroczego domku na wsi. Domku na wsi, którego projekt pokazywała mi dwa lata temu, mówiąc, że jest idealny. Mimo że byłem kompletnie zaćpany, zapamiętałem, że pokój dziecka miał być na piętrze. Obok sypialni. „Na początku będziemy mieli blisko, a jak mała podrośnie, to przerobimy na dziecięcy ten pokój, który jest najbardziej oddalony od sypialni". Jeździła długopisem po planie budynku, drugą ręką rozpinając moje spodnie. STOP. Nie byłem w stanie o tym myśleć. Nie mogłem. Inaczej za pół godziny wylądowałbym w domu z dziesięcioma gramami amfy i wszystko zaczęłoby się na nowo. Może tak byłoby lepiej, szepnął głos w mojej głowie, a ja, jak co dzień od sześciuset trzynastu dni, odpowiedziałem mu, że nie dziś. Może jutro, ale dziś nie. Na razie działało.

Marysia otworzyła drzwi.

– Wchodź – powiedziała i zostawiła mnie w przedpokoju.

Położyłem kask na szafce na buty. Zdjąłem kombinezon, wyjąłem z torby dżinsy i bluzę, przebrałem się i wszedłem do kuchni. Nina siedziała w krzesełku do karmienia i jadła monte, rozpieprzając je po całym stoliku, babrząc palcami w tym, co spadło jej z łyżeczki. Córeczka tatusia, uwielbiała bałagan.

– Danel! – wygruchała na mój widok i wyciągnęła rączki, żebym wyjął ją z krzesełka.

– Czekaj. Ubrudzi cię.

Marysia ominęła mnie i wytarła jej ręce.

– Cześć, skarbie. – Wyjąłem Ninę i podrzuciłem. – Mam coś dla ciebie.

– Cio maś? – zapytała z zainteresowaniem.

– Pokażę ci.

Poszedłem z nią do przedpokoju i wyjąłem z torby wielką świnkę Peppę.

– Peppa!

Nina rozpromieniła się, jakbym właśnie darował jej księżyc, i przytuliła do siebie świnkę, która była prawie tak duża jak ona.

– A teraz uważaj...

Nacisnąłem brzuch świnki, a ta zaczęła śpiewać piosenkę.

Nina prawie się rozpłakała ze szczęścia. Postawiłem ją na podłodze, a ona niezbyt pewnym krokiem podbiegła do Marysi, ciągnąc za sobą nadal śpiewającą Peppę. Całą siłą woli musiałem się powstrzymywać, żeby jej nie asekurować.

– Mama, mama, Danel mi dał!

– Śliczna.

Marysia zdążyła już posprzątać stolik i stała przy blacie, krojąc warzywa. Mała bawiła się świnią, zmieniając piosenki i tańcząc.

– Mam ją gdzieś zabrać? – zapytałem Marysię, nadal trzymając dystans.

Nie miałem zamiaru utracić tego, co udało mi się osiągnąć. Nie wiem, co „Zimny" jej powiedział, ale dotrzymał danego mi słowa. Naraziłem własną głowę po to, by to zrobił. Najwyraźniej to docenił, bo wpłynął na Marysię i zgodziła się, żebym spotykał się z dzieckiem. Pod jednym warunkiem: ona decydowała o tym, w jakim tempie rozwija się nasza relacja, więc na razie dla swojej córki byłem Danielem, a raczej, jak mówiła mała, „Danelem". I druga kwestia. Miałem nie przebywać w ich domu w obecności jej męża. To akurat bardzo mi odpowiadało.

Za każdym razem, kiedy go widziałem, miałem ochotę walić jego głową o podłogę. Mógłbym zajebać tego pieprzonego cichego gnoja, który wiecznie kopał pode mną dołki. W końcu dopiął swego. To, że byłem na tyle głupi, by go lekceważyć i by mu pomagać swoim zachowaniem, wcale nie poprawiało mi humoru.

– Nie musisz. Kamil jest w delegacji, nie wróci dzisiaj.

– Rewelacja. – Mimo woli zrobiłem jeszcze jeden krok do przodu. Wyglądała tak samo jak wtedy, kiedy byliśmy razem. Na myśl o tym, że dotyka jej ten pajac, miałem ochotę coś rozpierdolić. Marysia nie ruszyła się nawet o milimetr. – Wezmę ją na plac zabaw – rzuciłem, hamując złość.

– Jak chcesz.

Nadal była zimna jak Grenlandia.

***

Kompletna masakra. Daniel odwiedzał Ninę od lutego, od jej pierwszych urodzin. Mała go uwielbiała. A ja przeżywałam katusze. Mój mąż cały czas marudził, jęczał i wieszczył, że go zostawię. Przy tym regularnie zalewał pałę. Boże, jak ja go nienawidziłam. Zdałam sobie sprawę ze swojego błędu, zanim jeszcze opuściliśmy urząd stanu cywilnego. Odegrałam się na największej miłości swojego życia.

Nigdy nie zapomnę szału, w jaki wpadł, kiedy wrócił z odwyku i dowiedział się, że wyszłam za mąż. Strasznie cierpiałam, ale jego złość dawała mi ogromną satysfakcję. Teraz już wiem, że najwięcej krzywdy wyrządziłam sobie i córce. Przecież Nina kiedyś zapyta mnie, kim jest Daniel. Prychnęłam z wściekłością. Kamil nie miał pojęcia o tym, jak być ojcem. Natomiast Daniel po zaledwie trzech miesiącach w tej roli był od niego sto razy lepszy. Z drugiej strony Kamil powiedział mi kiedyś po pijaku, że Nina jest kopią Daniela i że kiedy bawi się z nią, nie może przestać o tym myśleć. Baran. Tak jakby nie zauważył, że biorąc z nim ślub, byłam w ósmym miesiącu ciąży z innym facetem.

Spojrzałam przez okno na Daniela i Ninę, idących w stronę bramy. Naciągnął sobie na głowę kaptur bluzy, a potem pomógł Ninie zrobić to samo. W oczach stanęły mi łzy. Jak to mogło się tak popierdolić? Po chwili zobaczyłam parkujące przed bramą auto. Nowe audi mojego brata. Poprzednie przepadło, kiedy ktoś podłożył w nim bombę. Nie znałam szczegółów, ale Łukasz opowiedział mi o roli Daniela w tej sprawie tyle, że zgodziłam się na jego kontakty z dzieckiem. Mój brat powiedział też coś, czego nie mogłam sobie wybić z głowy do dziś: „Wiedziałaś, na co się piszesz. Wiedziałaś, jaki jest.

Sam cię ostrzegałem, co najmniej pięćdziesiąt razy. Nie możesz teraz zabraniać mu kontaktu z własnym dzieckiem, skoro stara się zmienić. Dobrze wiesz, że mógłby zaprzeczyć ojcostwu Kamila i wymusić na tobie te kontakty, więc szanuj, że się do tego nie posunął". Miał rację. Nie zrobił tego. A mógł mnie wpieprzyć w długi, upokarzający i, co najgorsze, przegrany proces.

Łukasz i Kinga wyszli z auta. Widziałam, jak Nina biegnie w ich kierunku. Byłam pewna, że wyjście na plac zabaw się nie uda. Nie wtedy, kiedy przyjechał wujek z ciocią i jeszcze „Danel" był na miejscu. Otarłam łzy i podeszłam do drzwi.

– Hej. Możemy wejść? Masz po pracy jeszcze ochotę patrzeć na moją gębę? – zapytała Kinga z uśmiechem, trzymając na rękach Ninę.

Moja pracodawczyni. Nie wróciłam z macierzyńskiego do swojego byłego patrona, który był wrednym sknerą. Kinga zaoferowała mi robotę u siebie. Miałam pół etatu; uczyłam się o wiele więcej niż w poprzedniej spółce, a jednocześnie dało się to pogodzić z wychowaniem dziecka.

– Wchodź, nie wygłupiaj się.

– Cześć, Maryś. – Łukasz pocałował mnie w policzek i przyjrzał mi się uważnie. – Płakałaś?

Nie było sensu zaprzeczać. Zbyt dobrze mnie znał.

– Tak. Kroiłam cebulę, ośle.

– Po co?

– Na sałatkę.

– Dobrze się składa, Kinga też coś przyniosła. Nie bój się. Nie robiła nic sama. Wszystko kupiła w sklepie, więc nie ma ryzyka zatrucia.

– Jaki ten twój brat robi się marudny na starość! – Kinga westchnęła i poszła z Niną obejrzeć Peppę, o której mała opowiadała jej z wielkim zapałem.

Daniel stanął w progu i oparł się barkiem o futrynę.

– Mam sobie iść? – zapytał po prostu.

– Mnie nie przeszkadzasz – odparł Łukasz łaskawie i podążył za Kingą.

Daniel go zignorował. Patrzył na mnie z miną kompletnie pozbawioną wyrazu.

– Przez ten poligon nie widziałeś jej dwa tygodnie. Jeśli masz ochotę zostać, to nie widzę przeszkód.

Odpuściłam trochę. Ostatnio zdarzało mi się to coraz częściej.

* * *

– „Tickle me". – „Zimny" odczytał napis na maskotce i zgodnie z zaleceniem pogilgotał świnię.

– Hi, hi, hi, chrum, chrum. – Peppa wydała z siebie szatański rechot i dwa głośne chrumknięcia.

Nina zachwycona zaklaskała w dłonie. „Zimny" też popatrzył na świnię z uznaniem.

– Łukasz, chcesz taką? – Nie mogłem się powstrzymać. – Kupię ci na urodziny.

– Nadal masz nadzieję, że cię zaproszę? – „Zimny" najwyraźniej też był w humorze. – Jest tu jakaś podpałka i węgiel? Trzeba zacząć rozpalać – powiedział i w tym samym momencie zorientował się, jaką pierdolnął bzdurę.

Fakt, to miał być mój dom. To miała być moja kobieta, a to było moje dziecko, ale nie miałem pojęcia, czy jest tu jakiś węgiel, bo to nie ja tu mieszkałem.

– Nie wiem – odpowiedziałem, starając się zachować kamienną twarz.

– Rysiek! – ryknął „Zimny" w stronę kuchni.

– Czego?

– Węgiel.

– Trąbka.

– Jaka trąbka?

– Jaki węgiel?

No tak. Zwykła wymiana zdań między rodzeństwem Zimnickich. Poczułem ukłucie w piersi. Kurwa, kiedyś byłem tego częścią i spierdoliłem to. A potem ona spierdoliła to jeszcze bardziej, tak że już nie dało się tego naprawić.

– Dobra, niech się goni. Chodź, „Siwy". Weź tego diabła. – „Zimny" podał mi Ninę. – Poszukamy krzesiwa.

Poszedłem za nim do garażu, gdzie stała toyota Marysi. Drugie miejsce było puste, czyli Kamilek ruszył w trasę swoim bmw. Szkoda. Miałem nieludzką ochotę przejechać mu po lakierze kluczem: od samego baku aż do przedniej lampy. Plus kilka esów-floresów na masce. Z miłych rozmyślań wyrwał mnie dźwięk SMS-a. Czeski numer. Zmarszczyłem czoło. Nie znałem nikogo, kto mieszkał w Czechach. „Ładna dziewczynka, mimo że podobna do ciebie" – odczytałem i poczułem się, jakbym dostał kopa w ryj. Mocniej przytuliłem do siebie Ninę i podszedłem do uchylonych drzwi garażowych. Nie zauważyłem nikogo.

– Dobra, mam wszystko. Chodźcie. – „Zimny" odwrócił się w moją stronę i aż się wzdrygnął. – Co jest?

– Nie tu – powiedziałem, prawie nie poruszając wargami.

* * *

– Marysiu, jest sprawa. – Kinga przesypywała sałatkę z pojemnika do miski. – Po tym jak dziś wyszłaś, przyszedł klient. Chodzi o dziedziczenie jakichś kamienic. Ich wartość to dziesięć milionów.

– Ile?

– Dziesięć baniek. Powiedziałam mu, że się tymi sprawami nie zajmuję, ale mam aplikantkę, która siedzi w sprawach cywilnych, zwłaszcza tych dotyczących nieruchomości, i nawet publikuje na ten temat w „Gazecie Prawnej".

– Pewnie kiedy usłyszał słowo „aplikantka", to mu się odechciało – założyłam pesymistycznie.

– Otóż nie. – Kinga uśmiechnęła się szeroko. – Zapalił się do tego pomysłu.

Zbaraniałam.

– Poważnie?

Ludzie bali się aplikantów jak ognia. Nie pamiętam, ile razy musiałam tłumaczyć, że mam stosowną wiedzę i umiejętności. Niektórzy mylili nawet aplikantów ze studentami prawa, co doprowadzało mnie do szału. Prawo skończyłam kilka lat temu. W tym roku powinnam zdawać egzamin adwokacki, ale ze względu na ciążę i urlop macierzyński wszystko przesunęło się o rok.

– Chcesz usłyszeć najlepsze?

Kinga prawie podskakiwała z ekscytacji.

– Jest coś jeszcze lepszego?

– Wynagrodzenie.

– Ile mu zaśpiewałaś?

– Czterdzieści tysięcy netto teraz plus jeden procent od wygranej.

Nóż wypadł mi z ręki na blat. Wiedziałam, że Kinga zwykle zajmuje się sprawami karnymi. Za te najpoważniejsze, ciągnące się przez długie lata brała po dziesięć tysięcy złotych za każdą fazę postępowania. Taka sprawa, za takie pieniądze mogła rozkręcić naszą kancelarię tak, że weszłaby na top.

– No i co on na to?

– Zgodził się – powiedziała Kinga i obie zaczęłyśmy skakać po kuchni jak walnięte.

– Czekaj, czekaj, to jeszcze nie jest najlepsze.

– Kinga! Zlituj się i gadaj!

– Ja się na tym nie znam, będę tylko podpisywała ci pisma i chodziła z tobą na rozprawy, żeby był tam ktoś w todze. W związku z powyższym proponuję: czterdzieści tysięcy dzielimy na pół. A jeśli wygrasz, to wedle twojego wyboru: albo też na pół, albo wszystko wnosisz do spółki jako... wspólnik! Do „Błońskiej&Płonki" dołożymy „Hoffmańską". Rozmawiałam dziś z Lilką i nie widzi przeciwwskazań. Potrzebujemy kogoś od cywilnego, bo obie jesteśmy w tym kompletnie niedojebane.

Opadłam na krzesło z wrażenia.

– Cokolwiek postanowisz, trzeba to uczcić.

Wyjęła wino z torby z zakupami.

***

– Mała, weź na chwilę Ninę. – „Zimny" stanął w progu kuchni i podał dziecko Kindze.

Usiadłem na schodach i intensywnie tarłem czoło dłonią. Myśl, kurwa.

– Wstawaj! – syknął „Zimny" i zaczął wchodzić po schodach.

Poszedłem za nim do gabinetu Kamila.

– Co się stało?

Po minie Łukasza widziałem, że zdaje sobie sprawę, że byle co nie zrobiłoby na mnie wrażenia.

Bez słowa podałem mu telefon. Przeczytał SMS-a. Zacisnął zęby.

– „Szary"? – zapytałem.

– Nie ma szans. Zamknięty temat.

– To kto, do kurwy nędzy?

– Mało masz wrogów?

– Paru by się znalazło. Ale takich straszących dzieckiem? Nie kojarzę. I o chuj chodzi z tym czeskim numerem?

– PiS wprowadził rejestrację numerów na kartę, żeby móc je kontrolować. Każdy, kto ma trochę rozumu, kupuje starter w Czechach i w dupie ma ich wspaniałą ustawę.

„Zimny” wyjął telefon i wybrał numer.

– Radek? Przyjedź do domu Marysi. Mamy problem.

No tak. Wiedziałem, że mój brat współpracuje z nim przy najważniejszych akcjach. Sam nie zwróciłbym się do niego o pomoc, ale cieszyłem się, że Łukasz to zrobił. Radek był dobry w swoim fachu, a ja, mimo że na co dzień całkiem dobrze kombinowałem, w tej chwili czułem się kompletnie bezradny. Tak jakby ktoś wyjął mi mózg i zastąpił go kulką strachu. Najzabawniejsze jest to, że nieraz byłem w sytuacji, kiedy mogłem umrzeć, ale nigdy nie czułem takiego przerażenia jak teraz, kiedy ktoś groził mojemu dziecku.

– Muszę powiedzieć Marysi… – zacząłem.

– Poczekaj jeszcze. Ona spanikuje od razu. Ta wiadomość w zasadzie może być jakimś durnym żartem. Jakaś zazdrosna laska?

– Od czasów Marysi nie byłem z nikim na poważnie.

– A na niepoważnie?

– Chcesz listę?

– Od czegoś trzeba zacząć. Powinieneś tu zostać do powrotu Kamila.

– A jak wróci, to co? Jak niby je obroni? Przecież to jebany pizduś. Brzydzi się przemocą.

Mina „Zimnego" mówiła sama za siebie. Zgadzał się ze mną, choć lojalność wobec szwagra spowodowała, że nie skomentował.

– To co proponujesz?

– Nie wiem. Chodź rozpalać tego grilla. Zobaczymy, co powie Radek.

* * *

Wyszłyśmy z Kingą na taras za domem, niosąc mięso i kiełbasy. Łukasz pochylał się nad grillem, dorzucając węgla, a Daniel pokazywał Ninie, że to jest gorące, więc nie należy wsadzać tam rączki, bo można się oparzyć. To pewnie wypity przeze mnie kieliszek wina i szczęście związane z nowym zleceniem spowodowały, że miałam ochotę podbiec do niego i go pocałować. Zbeształam się w myślach. Pamiętaj, co ci robił. Pamiętaj, ile czasu to przeżywałaś. Pamiętaj, że przez niego tkwisz w bezsensownym małżeństwie z facetem, którego nie kochasz. Chociaż nie. To akurat była tylko i wyłącznie moja wina.

– No i? Fajna niespodzianka? – zapytał Łukasz, któremu Kinga musiała powiedzieć wcześniej o tej sprawie.

– Fantastyczna. – Roześmiałam się. – Będę prowadzić ogromną sprawę cywilną, za ogromne pieniądze, całkiem sama – wyjaśniłam na użytek Daniela, który nie wiedział, o co chodzi.

– Bardzo się cieszę. – Uśmiechnął się, choć od razu zauważyłam, że coś go martwi. – Nieruchomości? – dopytał.

– Tak. Kamienice. Zasiedzenia.

Wzięłam Ninę na ręce i zakręciłam się w kółko.

Kinga zapaliła papierosa. Usiadła na krześle i rozłożyła je do pozycji półleżącej, wystawiając twarz do słońca.

– Nuda.

– Nudni to są cioci bandziory, prawda, kochanie? – zapytałam córkę, całując ją w policzek.

– Plawda – potwierdziła mała, nic nie rozumiejąc.

– Wiele można o nich powiedzieć, ale na pewno nie to, że są nudni. Mam teraz taką odjechaną mafię złodziei samochodów. W sądzie wyprawiają istny cyrk, a teksty mają takie, że mam pogryzione od wewnątrz wargi, żeby nie wybuchać co chwilę śmiechem.

Łukasz układał mięso na grillu.

– Zgarną po trzy lata jak nic.

– Liczę się z tym, oni też, ale uchyliłam im areszty, a proces potrwa dziesięć lat. Teraz są w moim wieku, a jak się skończy, będą w twoim. Kawał życia przed nimi.

Łukasz się roześmiał. Byłam szczęśliwa, że nareszcie znalazł dziewczynę, która nie jest pustą plastikową laską.

– Weź skocz na tych swoich supermłodych nogach po jakiegoś browara do lodówki, skoro ja dbam o to, żebyś miała co jeść.

Kinga wstała z westchnieniem.

– Trzy lata ogólniaka, pięć lat studiów, trzy lata aplikacji i trzy jako adwokat tylko po to, żeby usłyszeć: skocz po piwo, kobieto. Dla ciebie też? – zapytała Daniela.

Zawahał się.

– Możesz zostawić tu motocykl, ja auto zostawiam – powiedział Łukasz i spojrzał na niego jakoś dziwnie.

– W takim razie chętnie.

Miałam niejasne wrażenie, że coś przede mną ukrywają.

– O co chodzi? – zapytałam Daniela.

– O nic. Nie masz nic przeciwko, żebym zostawił tu hondę?

– Nie, ale czemu macie miny, jakbyście coś knuli?

– Zastanawiam się właśnie, jak to się stało, że twój brat związał się z adwokatką od spraw karnych, w dodatku starszą od ciebie. Pamiętam, że gustował w innym typie.

– Sam nie wiem. Chyba mi odbiło. – Łukasz odstawił talerz i wyjął papierosy z kieszeni. – Jakbym ją zabił, kiedy się poznaliśmy, na co miałem szaloną ochotę, to pewnie bym wyszedł jeszcze przed pięćdziesiątką.

– Nie słuchaj go. José Fernando oddałby duszę za swą Lusesitę – rozległ się głos za moimi plecami.

Nie musiałam się odwracać, żeby wiedzieć, kto właśnie przyjechał.

8 marca 2014 roku

Obudził mnie dźwięk komórki. Podniosłem głowę i spojrzałem na zegarek. Ja pierdolę. Nie przespałem nawet czterech godzin. Odrzuciłem połączenie, nie patrząc nawet, kto dzwoni. Po chwili znów rozległ się dźwięk – temat z filmu *Rock'N'Rolla*. Ktoś najwyraźniej nie miał zamiaru odpuścić.

– Czego?

– Rusz dupę i mi otwórz – usłyszałem głos Radka.

Wyszedłem z łóżka i doczłapałem się do przedpokoju, wciągając po drodze bokserki.

– Zwariowałeś? – zapytałem, otwierając drzwi. Wyglądał równie źle jak ja. – Co się stało?

– Za sześć godzin mam szychtę, a przecież autem nie pojadę. Załapałem się na Blue Taxi. Przekimam się tu i dojdę do formy.

Wielkopańskim gestem wskazałem mu kanapę w salonie i powlokłem się z powrotem do łóżka. Ledwo zamknąłem oczy, usłyszałem dźwięk otwieranych drzwi do sypialni.

– Kurwa – wyszeptałem pod nosem, wietrząc kazanie.

– Nie bierz się za nią.

Nie odpowiedziałem.

– Nie bierz się za nią, Daniel. „Zimny" mówił mi, że jego siostra to rogaty diabeł. Właśnie dostała się na aplikację adwokacką. Może teraz ma ochotę się wyszaleć, ale nie wyjdziesz dobrze na tej znajomości. Jestem twoim starszym bratem i powiem krótko: jeśli ją przelecisz, a potem olejesz, to „Zimny" odegra się na tobie. Jeśli się zakochasz… Wiesz, ona do ciebie nie pasuje. Nie nasza liga. Chciałbyś, żeby poznała mamusię?

Wiedział, jak dojebać. Wspomnienia z dzieciństwa jednoznacznie sugerowały, że nie zasługujemy na nic oprócz slumsów. Tylko że ja miałem to w dupie. W przeciwieństwie do mojego brata uważałem, że mam ogromną szansę się wyrwać, pomimo obciążeń tamtych lat.

– Twoja żona też nie była z naszej ligi – powiedziałem, nie wyjmując głowy spod kołdry.

– Moja ekszona – poprawił mnie Radek. – Poza tym wczoraj było jakieś grzybobranie w lesie pod Łabędami.

Wystawiłem głowę spod kołdry.

– Grzyby w marcu? Kiedy ostatnio miałeś badania okresowe? – zapytałem, kręcąc ręką młynka koło czoła.

Radek oczywiście nie dał się nabrać.

– Grzybobranie, czyli ustawka. Jedna z takich, na które jeździłeś, zanim zostałeś żołnierzem. W szpitalu wylądował były mistrz Śląska w boksie. Strasznie pobity.

Wyszczerzyłem zęby.

– Złożył zawiadomienie?

– Nie rozśmieszaj mnie. Oczywiście że nie. Przecież wasz pokurwiony kodeks tego zabrania.

– Jaki „nasz"? Co ja mam z tym wspólnego?

– Walą mnie ustawki. Ta banda idiotów może się nawzajem zajebać i nie będzie specjalnej straty dla społeczeństwa, ale jeśli jeszcze raz usłyszę, że bierzesz w tym udział...

– To co? – Uśmiechnąłem się drwiąco. – Zabronisz mi oglądać telewizję?

– Spuszczę ci wpierdol.

– Były mistrz Śląska w boksie też miał taki zamiar.

Schowałem łeb pod kołdrę, uznając rozmowę za zakończoną.

– Tylko że to nie on nauczył cię wszystkiego, co potrafisz. Daniel, wiem, że masz teraz ciężki czas, ale zastanów się, co chcesz robić dalej. Bo jeśli zamierzasz iść w kierunku, w którym idziesz, to skończysz jak tatuś.

Zamknął drzwi i poszedł do salonu.

Jak on mnie wkurwiał tymi swoimi morałami! Odechciało mi się spać. Wziąłem do ręki telefon leżący na nocnej szafce. SMS z piątej trzydzieści rano, krótki i treściwy: „Byłeś bardziej narąbany, niż myślałam". Szybko sprawdziłem, co jej napisałem, zanim położyłem się spać: „Dawno nie spotkałem tak wyjątkowej dziewczyny". Odczytałem i prawie spaliłem się ze wstydu. Tekst działał wspaniale, ale na inny rodzaj dziewczyn. Dalej było tylko gorzej: „No wiem, wspominałeś, że nie wziąłbyś grosza" – odpisała. Na co poleciałem starym tekstem: „Brałbym cię jak komornik telewizor". Pokręciłem z niedowierzaniem głową: „Już wytrzeźwiałem. Teraz oceniam, że jesteś 7/10. Pójdziesz dziś ze mną na kawę?" – odpisałem, starając się uratować resztki godności. Odpowiedź przyszła bardzo szybko: „Na wódkę mnie zabierz". Mówisz i masz, uśmiechnąłem się do siebie: „Przyjadę po ciebie o 18. Gdzie mieszkasz?". Wiadomość przyszła po kilku minutach: „Mam imprezę rodzinną. Odbierz mnie z Karczmy Szmaterlok o 20".

* * *

Czterdziesta rocznica ślubu. I nadal się kochają. Patrzyłam z czułością na wzruszoną mamę i roześmianego tatę. Potem dyskretnie spojrzałam na zegarek. Dziewiętnasta pięćdziesiąt. Imprezę rozpoczął uroczysty obiad o czternastej. Od razu uprzedziłam mamę, że przed dwudziestą muszę uciekać. Braci wolałam w to nie wtajemniczać. Zwłaszcza najstarszego. Zerknęłam w stronę Łukasza. Siedział przy stole i rozmawiał z wujkiem Mikołajem. Postanowiłam to wykorzystać. Podeszłam do rodziców, podziękowałam i powiedziałam, że zmywam się, zaznaczając, że nie mam pojęcia, o której wrócę. Z gośćmi się nie żegnałam, bo uznałam, że najlepiej jest wyjść po angielsku. Jak tylko znalazłam się na parkingu, podjechało auto. Czerwony golf I, na oko co najmniej trzydziestoletni. Podeszłam powoli do samochodu. Daniel pochylił się i otworzył mi drzwi od wewnątrz.

– Wsiadasz?

Wskoczyłam na siedzenie pasażera.

Rozejrzałam się po wnętrzu. Takie samochody znałam tylko ze starych filmów.

– Niezła bryka.

– Nie podoba ci się?

Daniel z uśmiechem zawrócił i wjechał w Rybnicką.

– Podoba. Dużo bardziej niż to, czego się spodziewałam.

– Czyli?

– Opel Tigra.

Wybuchnął śmiechem.

– Auć. W czapeczce Nike? Może dziesięć lat temu. Gustaw, moja droga, jest zabytkiem.

– Pasuje mu to imię.

– Ale… niech cię nie zmyli określenie „zabytek".

Zredukował bieg i po kilku sekundach gnaliśmy już sto pięćdziesiąt kilometrów na godzinę.

– Jestem pod wrażeniem – powiedziałam całkiem szczerze. Wsiadając, nie byłam pewna, czy auto się nie rozleci, tymczasem miało imponujące przyśpieszenie.

– GTI Pirelli.

– Nie znam się na tym. Przetłumacz na ludzki język.

– To znaczy, że jedzie dwieście dwadzieścia, mimo że wygląda…

– Jak relikt PRL-u – dokończyłam z uśmiechem.

***

Zaliczyła kolejny test. Nie kręciła nosem na Gustawa.

– Dokąd jedziemy? – zapytała, kiedy zbliżałem się do Gliwic.

– Chciałaś pić wódkę. Mam w domu całkiem dobrą.

– I masz też pewnie fajne płyty i filmy na DVD. – Popatrzyła na mnie z cynicznym uśmiechem. – Zapomnij.

Tego też się spodziewałem, ale warto było spróbować. O ile łatwiejsze byłoby wszystko, gdyby była puszczalską laską. Zdawałem sobie sprawę, że jest to mało prawdopodobne, ale... Nadzieja umiera ostatnia.

– To dokąd chcesz jechać, Marysiu?

– Dokądkolwiek, byle nie do Any. Mój brat Tomek kupił je niedawno i boję się, że after po rocznicy rodziców będzie właśnie tam.

– To wykluczmy od razu cały rynek. – Zastanowiłem się chwilę. – To ma być coś wyszukanego?

– Do chlania wódy? – Zdziwiła się. – A po co?

Prawie ją uściskałem. Tak jak myślałem, Radek nie miał racji. Była zupełnie normalna.

***

– Znasz KOT-a?

– No pewnie. Chodziłam w Gliwicach do szkoły.

– Do której?

– Do najlepszej – odpowiedziałam z pewnością siebie charakterystyczną dla wszystkich absolwentów mojego ogólniaka.

Mimo iż Bogiem a prawdą nie wiem, skąd wzięło się nam wszystkim przekonanie, że ta szkoła była aż tak dobra. Musiało to mieć związek ze starymi murami z czerwonej cegły i faktem, że wcześniej mieścił się tam psychiatryk. Najlepiej wspominałam dwie nauczycielki: polskiego i historii. Byłam pewna, że Słomka i Kmoza też dobrze o mnie myślą, mimo że czasem bywałam dla nich wredna jak wrzód na tyłku. Uśmiechnęłam się do swoich wspomnień.

– Do dwójki? – zapytał Daniel, wyrywając mnie z letargu.

– Zwariowałeś? – oburzyłam się. – Do piątki, oczywiście!

– Oczywiście. – Uśmiechnął się z przekąsem. – Profil?

– Ogólny. A ty?

– Strzelaj.

– Chyba nie jedynka?

Zmartwiłam się nie na żarty, bo z tą szkołą wiecznie rywalizowaliśmy.

– Nie. Bliżej piątki.

– Wieczorka?

– Tak. Samochodówka.

– Fajnie, miałam tam mnóstwo kolegów. To wyjaśnia formę twojego Gustawa. No i to, skąd znasz KOT-a. Przesiedziałam w nim całą drugą klasę.

– No to chodź. – Zaparkował pod pubem. – Zobaczymy, co się zmieniło.

– Niewiele – powiedziałam minutę później, siadając przy stoliku.

Daniel powiesił kurtkę na krześle i poszedł do baru. Wrócił po pięciu minutach z półlitrową butelką wódki i dzbankiem soku.

– Wedle zamówienia, Mario. – Usiadł. – Pozwolisz, że zapytam, skąd twoje zamiłowanie do mocnych trunków?

– Nie mam takiego zamiłowania. – Zaśmiałam się. – Z tą wódką to był cytat z *Lejdis*.

– Faktycznie. – Uśmiechnął się krzywo. – Przypominam ci Edgara?

– Nie. – Porównanie było tak niedorzeczne, że trudno mi było zachować powagę.

– Chwała Bogu, ale słowo się rzekło, panno Zimnicka. Zdrówko?

Uniósł kieliszek.

A co mi tam.

– Zdrówko.

***

Spojrzałem na zegarek i nie uwierzyłem. Byliśmy tu już dwie godziny. Jak, kurwa? Wydawało mi się, że dopiero weszliśmy. Ani przez sekundę nie było sytuacji, żebyśmy nie mieli o czym gadać.

– Następna butelka? – zapytałem Marysię, patrząc na pustą flaszkę.

– Chyba oszalałeś! Wynieśliby mnie. – Roześmiała się. – Mam lepszy pomysł. Chodź do Any.

– Popraw mnie, jeśli się mylę, ale chyba tam akurat mieliśmy się nie pokazywać?

– Wiesz, czemu boję się wódki z sokiem? Bo po wódce z sokiem nie boję się niczego. Chodź tam, na pewno jest impreza, a mojemu bratu przyda się pstryczek w nos. Nie będę tańczyć tak, jak mi zagra.

Widziałem, że jest na rauszu, ale chyba nie takim, żeby nie wiedziała, co robi. Niestety mnie też włączyła się nieśmiertelność. Zawsze tak miałem po wódce. Kompletnie poroniony pomysł wydał mi się nagle świetną ideą. Radek zawsze mówił, że wiecznie pakuję się w kłopoty przez to, że łatwo ulegam wpływom. I przez to, że moim naczelnym hasłem w czasach młodości było: „Ja tego nie zrobię? Potrzymaj mi piwo i patrz". Z bólem serca, w myślach, przyznawałem mu rację, ale na trzeźwo. Dlatego tak bardzo nie lubiłem być trzeźwy. Choć odkąd odkryłem amfę, lubiłem ją o wiele bardziej niż alkohol.

– Dobra, Mario, skoro lubisz hardcore…

Podałem jej płaszcz i wyszliśmy na mroźne powietrze. Powoli poszliśmy w stronę rynku. KOT-a i Anyway dzieliła tylko jedna krótka ulica.

– Pamiętasz, że był tu Akordeon? – Marysia wskazała ręką w stronę stromego zejścia do piwnicy w jednej z kamienic. Teraz znajdowała się tam restauracja. Kiedyś pub z dyskoteką.

Uśmiechnąłem się pod nosem.

– Stałem tam na bramce.

– Poważnie? Kiedy miałam siedemnaście lat, łapałam stopa na Chorzowskiej, żeby dojechać do koleżanki w Zabrzu. Ostatni tramwaj mi uciekł. I wtedy podwiózł mnie jakiś chłopak, który stał tu na bramce. Wiem, bo go potem spotkałam i kiedy sprawdził mi dowód i połapał się, że wcale nie mam dwudziestu jeden lat, przymknął na to oko.

– To pewnie Karol, mój najlepszy kumpel. Mieszkał w Zabrzu.

– Dziwne, że nigdy cię tu nie spotkałam.

– Może spotkałaś i nie pamiętasz?

– Raczej trudno by było zapomnieć – powiedziała i momentalnie się zaczerwieniła.

Wybuchnąłem śmiechem. Byłem przyzwyczajony do tego, że podobam się dziewczynom. Nie byłem za to przyzwyczajony do takich, które wstydzą się do tego przyznać.

– To chyba był komplement. Dzięki.

– Nie jesteś aż taki ładny. Chodziło mi o tatuaż. – Próbowała jakoś wybrnąć.

Zaśmiałem się jak wariat.

– Wyrzuć to z siebie i powiedz, że jestem szpetny jak nieszczęście i dałaś mi numer, bo było ci mnie żal.

– Coś w ten deseń. – Marysia przystanęła pod wejściem do Any. – To co? *Let's dance?*

– Chodź, młoda. – Złapałem ją za rękę. – Raz kozie śmierć.

***

Daniel otworzył mi drzwi i weszliśmy do klubu. Jak zawsze było tłoczno. Skierował się w stronę baru.

– Co pijesz?

– Teraz ja zamawiam.

Przepchnęłam się przed niego i uśmiechnęłam do barmana.

– Co dla ciebie, kotku? – zapytał, patrząc w mój dekolt.

– Dwa razy wódka z colą.

– Sie robi.

Barman wyjął z lodówki wyborową.

– Jest szef? – zapytałam.

– Na dole.

Po chwili, z drinkami w dłoniach, zeszliśmy na parkiet. Zarzuciłam Danielowi ręce na szyję. Wcześniej odstawiłam drinka na wolny stolik.

– Zatańczysz?

Popatrzył na mnie z uśmiechem.

– Chcesz to zrobić z przytupem? – Złapał mnie w pasie i przyciągnął do siebie. – Najwyraźniej masz dużą wiarę w moje możliwości.

– Mam autentyczną wiarę w moc munduru.

– Którego nie mam dziś na sobie...

– To nic. – Przechyliłam głowę. – To się wyczuwa...

– Mario... – wyszeptał ostrożnie, kiedy zaczęłam się o niego ocierać w tańcu. – Twój najstarszy brat siedzi właśnie w loży z lewej i patrzy na ciebie tak, że wnioskuję, iż będziesz mieć kłopoty.

Obróciłam się w lewo i posłałam buziaczka w stronę wkurwionego Łukasza.

– A jeśli powiem, że mam na to wyjebane?

– To uznam, że jesteś bardziej pijana, niż myślałem.

– Olej go. – Obróciłam się tyłem, oparłam plecami o jego klatkę piersiową i zaczęłam się kołysać w rytm muzyki.

***

Moje ręce automatycznie objęły jej biodra. Mózg nie miał z tą decyzją nic wspólnego, to był odruch. Tańczyła, ocierając się o mnie. Muzyka nie sprzyjała zachowaniu dystansu. Kelis *Trick Me*. Nie powiem, żebym nie miał ochoty jej „tryknąć". „Spokój, kurwa"– starałem się sam siebie zdyscyplinować. Jeśli jeszcze raz się tak o mnie otrze, to…

– Cześć, Rysiek! – usłyszałem ryk obok swojego ucha. Odwróciłem się i ujrzałem drugiego brata Marysi, Tomka, który niedawno kupił ten klub.

– Cześć, trutniu.

Marysia uśmiechnęła się do niego krzywo i domyśliłem się, że to do niej zwracał się per Rysiek. Ciekawe dlaczego?

– Mój brat Tomek, mój kolega Daniel – dokonała szybkiej prezentacji.

– Znamy się – powiedział Tomek, zanim zdążyłem otworzyć usta. A więc mnie pamiętał.

Stwierdziłem, że to jedna z tych chwil, kiedy milczenie jest złotem.

– Chodźcie do loży. Mamy mały after. Nie martw się, Daniel. Nie mam do ciebie żalu o Aśkę. Co tam u niej?

Mieliśmy kiedyś wspólną znajomą, Joannę. Joanna była panienką z dobrego domu i na co dzień umawiała się z grzecznym chłopcem ze swojej klasy z ogólniaka, czyli z Tomkiem. Natomiast czasami lubiła się spotkać z niegrzecznym i dać się przelecieć w samochodzie. Do tej funkcji nadawałem się z kolei ja. To było w maturalnej klasie, a więc dobre piętnaście lat temu. Tomek bardzo chciał mi wtedy dać po mordzie, ale jako że był o rok młodszy, a ja miałem naprawdę szpetną reputację, na którą w pełni zasłużyłem, skończyło się na chceniu.

– Spotkałem ją miesiąc temu w Tesco. Ma męża, dwoje dzieci i strasznie utyła.

– Dobrze wiedzieć. – Tomek postawił na stoliku w loży srebrne wiadro z lodem i dwoma butelkami wódki. – Popatrz, „Zimny", kogo znalazłem: Rysiek i Daniel Wyrwa.

Łukasz zmierzył Marysię wzrokiem bazyliszka.

– Widziałem. Nie zauważyłem za to, kiedy wyszłaś z imprezy rodziców.

– Łukasz, kojarzysz córkę koleżanki mamy, tę Iwonę? Podobno rozwiodła się z mężem. Ma dopiero trzydzieści osiem lat, ledwie rok starsza od ciebie. Mama myśli, że idealnie by do ciebie pasowała. Stateczna, wyważona, ma nieco nadwagi, ale czymże to jest wobec tego, jak dobre robi schabowe… – tokowała Marysia.

Nie bardzo wiedziałem, w co pogrywa, ale najwyraźniej odniosło skutek, bo „Zimny" pokazał jej środkowy palec i zaczął rozmowę z siedzącym obok facetem.

***

Usiedliśmy w loży.

– To ty odbiłeś mojemu bratu Aśkę? – zapytałam, patrząc na Daniela z ciekawością.

Mimo że miałam wtedy jedenaście lat, doskonale pamiętam, jak Tomek zamykał się w pokoju i słuchał muzyki odpowiedniej dla swego złamanego serca. Trwało to cały miesiąc, potem poznał jakąś następną milady i się otrząsnął.

– Nie odbiłem. Współdzieliłem. Stare dzieje.

Daniel najwyraźniej chciał zmienić temat.

– Wiesz, że nie mówił o tobie inaczej niż „siwy skurwiel"? – zapytałam z pogodnym uśmiechem.

– „Siwy" to moja ksywa.

Postanowiłam go sprowokować.

– Tlenisz?

– Oczywiście, że tlenię. Co tydzień. Potem golę nogi i nakładam maseczkę z ogórka.

Jego kciuk powoli wędrował po moim kolanie. Nawet nie zorientowałam się, kiedy położył mi rękę na nodze. Podejrzewałam, że mogę mieć z nim ciężko. Miał nade mną przewagę wieku i doświadczenia. Zwykle umawiałam się z równolatkami, ale żaden do tej pory nie sprawił, że miałam ochotę wyskoczyć z majtek… Zważywszy, ile miałam lat, zdawałam sobie sprawę, że mogłabym się chyba kwalifikować do księgi rekordów Guinnessa. Gdybym, rzecz jasna, czuła pokusę, by się komukolwiek tym pochwalić.

– Masz jeszcze jakieś perfidne numery na sumieniu? – zapytałam, upijając łyk drinka.

– Kilka, ale teraz jestem grzeczny.

– Jakoś ci nie wierzę.

– Już ci mówiłem, musisz sprawdzić.

Daniel pochylił się i wyszeptał to do mojego ucha, a jego kciuk pod stolikiem zaczął przesuwać się nieco wyżej. Na szczęście wypiłam już bardzo dużo alkoholu, więc dobrze wiedziałam, co muszę zrobić. Zachowując w pełni niewinną minkę, zrzuciłam z nogi szpilkę i zaczęłam wędrować stopą wzdłuż jego łydki. Po jego uśmieszku widziałam, że się tego nie spodziewał, ale raczej nie wyglądał na rozczarowanego.

Tomek akurat rozlewał wódkę.

– Rysiek, chcesz jeszcze drinka?

– Poproszę.

Podsunęłam mu szklankę.

– Dlaczego on mówi do ciebie „Rysiek"?

Daniel zabrał rękę, kiedy za nami stanął mój brat. Tomek nalał mu wódki do kieliszka, a potem zajął się moim drinkiem.

– Kiedy miała pięć lat, rodzicie kupili dużego fiata. Miałem wtedy trzynaście i fazę naklejek z literkami. Przykleiłem nasze imiona na szybę, a ponieważ było za mało „A”, zmieniłem „Marysia” na „Rysiek”. Uważam, że pasuje do niej.

Tomek najwyraźniej dobrze się bawił.

– Dlaczego? – zainteresował się Daniel.

– Zobaczysz, jeśli pójdziesz z nią kiedyś na mecz. Chyba że jesteś kibicem Piasta. Wtedy…

– Nie jestem. Jestem z Sośnicy.

– Uff… – wyrwało mi się mimo woli, a Daniel wybuchnął śmiechem.

5–6 maja 2017 roku

– Cześć. – Radek usiadł na wolnym krześle. – Nie masz nic przeciwko? – zapytał Marysię.

Przewróciła oczami.

– Nie mam. Masz szczęście, że nie da się na ciebie za długo gniewać. Co cię sprowadza?

– Zjadłbym coś. Macie boczek?

Parsknęła śmiechem.

– Mamy.

– To porwę na chwilę twojego brata, a skoro już widzę swojego, to jego też przy okazji. Wrócę za chwilę.

Podeszliśmy do jego auta zaparkowanego z drugiej strony domu.

– Co jest?

Twarz Radka, jak zawsze, nie wyrażała kompletnie nic. Pokazałem mu SMS-a. Wyjął z kieszeni papierosy i zapalił. Tyle, jeśli chodzi o reakcję.

– Namierzysz mi go, co? Możesz zrobić to w ramach tej ostatniej sprawy, tam jest od zajebania numerów i bilingów do sprawdzenia. Nikt nie skroi się, że jest jeden więcej – wtrącił się „Zimny". – Co o tym myślisz?

– Na razie nie wszczynałbym alarmu. Gdyby ktoś chciał jej zrobić krzywdę, toby zrobił. Nigdy nie byłeś święty – zwrócił się do mnie. – Komuś za bardzo zalazłeś za skórę i chce cię postraszyć.

Kurwa, kiedyś zwariuję przez jego złote rady.

– No i co dalej?

– Możesz tu dzisiaj zostać? – zapytał „Zimnego".

– Albo ja, albo Daniel. Zobaczymy, jak się ułoży, ale to nie jest rozwiązanie na dłuższą metę.

– Do jutra wieczorem postaram się dowiedzieć, gdzie logował się ten numer. Będę go obserwował. A teraz chodźcie zjeść i nie siejcie paniki. Jeszcze chwilę postoicie z tymi grobowymi minami i obie się skroją.

* * *

Czułam coraz większy niepokój. Coś było nie w porządku. Pewnie u Łukasza w pracy, pomyślałam, starając się zignorować irracjonalny strach, który zaczął mnie ogarniać. Kinga opowiadała coś Radkowi, który z zapałem pałaszował boczek, i Łukaszowi, który bezmyślnie dłubał widelcem w swoim talerzu. Daniel siedział naprzeciwko mnie i patrzył na Ninę, która pluskała się w brodziku.

– Wtedy wstałam, podeszłam do stołu sędziowskiego i pieprznęłam sędziego młotkiem, a potem stanęłam na środku sali i podwijając togę do pasa, zatańczyłam przed prokuratorem kankana – powiedziała Kinga, która najwyraźniej zauważyła, że Łukasz wcale jej nie słucha.

– Aha – przytaknął, a Radek ryknął śmiechem. Dopiero po trzech sekundach dotarło do niego, co powiedziała, bo popatrzył na nią ze zdziwieniem. – Ochujałaś?

– Nie słuchasz mnie, „Zimny". – Użyła jego ksywki, choć zwykle mówiła mu po imieniu. – Zakochałeś się? – dodała zjadliwie.

Łukasz uśmiechnął się, mrużąc oczy.

– Mamy nową praktykantkę w prokuraturze. Dwadzieścia dwa lata, miodzio...

Kinga włożyła okulary przeciwsłoneczne.

– Mówi do ciebie „wujku"?

– Nie mówi, tylko patrzy na mnie cielęcym wzrokiem i się czerwieni. Nie jest też specjalnie lotna, zostawiła włączonego kompa i kiedy szukałem wokandy, to przeczytałem jej maila do koleżanki... Zastanawiała się, czy w łóżku też jestem taki zdecydowany jak w pracy.

– Chcesz, to się tam przejdę i powiem jej, że czeka ją wielkie rozczarowanie.

– Zgodzę się, że WIELKIE.

Kinga wybuchnęła śmiechem, a ja się wyluzowałam. Od kiedy zostałam matką, łatwo popadałam w paranoję. Ciągle się bałam, że coś będzie nie tak. Postanowiłam cieszyć się tym wieczorem i nie świrować. W końcu otwierała się przede mną naprawdę wielka zawodowa szansa.

***

– Położę Ninę – powiedziała Marysia, patrząc na ziewającą dziewczynkę.

– Może ja to zrobię, co? Jeszcze nie miałem okazji.

Wstałem z krzesła i wziąłem małą na ręce.

Wypiłem trzy piwa, jednak równie dobrze mógłbym żłopać wodę. W ogóle na mnie nie zadziałało. A Marysia była dziś wyjątkowo ugodowa.

– Czemu nie?

Weszliśmy do domu, zostawiając „Zimnego” i Kingę na dworze. Radek zmył się zaraz po tym, jak opierdolił górę boczku. Śpieszył się do Zuzy. Jak to się stało, że do niedawna jako jedyny z nich wiodłem normalne życie i byłem szczęśliwy, a teraz jest odwrotnie?

– Będziemy ją kąpać? – zapytałem, niosąc Ninę na górę. – Może sobie dziś darujemy, co? Oczy jej się strasznie kleją.

– Dobra. Włożę jej tylko piżamkę i będziesz mógł ją położyć.

Marysia migiem przebrała małą. Nina prawie zasypiała, ale kiedy kładłem ją do łóżeczka, zaczęła płakać.

– Musisz położyć się z nią. Inaczej nie zaśnie – wyjaśniła Marysia.

Popatrzyłem na łóżeczko i uniosłem brew.

– W tym?

Marysia zaśmiała się i pierwszy raz od dawna zrobiła to całkiem szczerze.

– Nie.

Popatrzyłem na nią zdumiony. O co chodziło? Wino? Sukces zawodowy? Coś sprawiło, że dziś zwracała się do mnie inaczej.

– Połóż się z nią w łóżku, a ja pójdę zrobić kaszkę. Jadła z nami kiełbasę, ale może jest jeszcze głodna.

Marysia zniknęła za drzwiami.

Postąpiłem zgodnie z instrukcją, starając się nie myśleć, że kładę się w łóżku, w którym Ryś spała z tym jebanym pizdusiem. Przytuliłem się do ciepłego ciałka mojej córki i położyłem rękę na jej czole. Marysia mówiła, że mała lubi tak zasypiać. Nina od razu przestała marudzić. Poczułem, że i mnie oczy same się zamykają.

***

Weszłam na górę, polewając wewnętrzną część nadgarstka kaszką z butelki. Nie była za gorąca. Popatrzyłam na łóżko i zamarłam w progu. Poczułam, jak coś ściska mi serce, a oczy zaszły mi łzami.

Obydwoje spali jak zabici, przytuleni do siebie. Te same włosy, tak jasne, że niemal białe. U Daniela obcięte bardzo krótko, u Niny skręcające się w niesforne loki. Podobne rysy i podobne charaktery. Tatuś i córeczka. Tak miało być, pomyślałam, biczując się mentalnie. Podeszłam do Daniela i delikatnie dotknęłam jego ramienia. Mruknął coś, ale się nie obudził, a zawsze spał bardzo czujnie. Wiedziałam, że dziś rano wrócił z poligonu. Musiał być koszmarnie padnięty. Mimo że nie przyznałabym się do tego nikomu, śledziłam jego jednostkę na Facebooku. Raczej się tam nie obijali. Zapaliłam lampkę nocną, zgasiłam górne światło i poszłam na taras.

– A Daniel gdzie? – zapytał Łukasz.

Kinga siedziała mu na kolanach. Poczułam ukłucie zazdrości. Z moim mężem to nie było możliwe. Od ślubu zachowywał się jak chory psychicznie.

Tak, jakbym nagle została jego własnością. Jego odzywki do mnie sprowadzały się do wiecznych pretensji, a przecież podobno walczył o mnie całe życie... Opadłam na krzesło, ogarniając wzrokiem posprzątany stół... Faktycznie, kiedy tu szłam, słyszałam pracującą zmywarkę.

– Zasnął – powiedziałam bezradnie. – Nie wiem, czy go dobudzę tak, by nie obudzić małej. Daniel jest prosto po poligonie.

– Nie budź go. Przecież nic się nie stanie, jak będzie tu spał. Wiesz, że zawsze się martwię, kiedy jesteście same na tym zadupiu. – Wskazał ręką na pobliski las. – Zresztą i tak pił.

– Ale Kamil. Nie będzie zachwycony...

Sama byłam na siebie zła za ten lękliwy ton.

– Skąd niby się dowie, przecież wraca dopiero jutro wieczorem? – Łukasz popatrzył na mnie badawczo. – Zresztą, nawet jeśli, to co? Przecież ten dom ma dwieście metrów. Nie musisz spać tam, gdzie Daniel. W razie czego biorę to na klatę i wszystko mu wytłumaczę.

Kinga wstała i podeszła do mnie.

– Trzymaj się, przyszła wspólniczko. – Pocałowała mnie w policzek. – Dzięki za imprezę.

Łukasz też mnie uściskał i po chwili już ich nie było. Załatwili mnie z zaskoczenia. Przez okno w kuchni widziałam, jak wsiadają do ubera.

***

W przyjemny sen wkradł się zapach truskawek. Poczułem rękę na swoim policzku.

– Ryś? – zapytałem, na wpół śpiąc.

Zapach tego kremu do rąk poznałbym wszędzie.

– Śpij – usłyszałem cichy szept.

Nie do końca kojarzyłem, o co chodzi.

– Zostań.

Nie usłyszałem odpowiedzi, ale poczułem, jak łóżko z drugiej strony Niny lekko się ugina. Odpłynąłem z powrotem w sen.

Otworzyłem oczy i rozejrzałem się ze zdumieniem. Słońce delikatnie przebijało się przez niebieskie rolety. Popatrzyłem najpierw na słodko śpiącą Ninę, a zaraz potem na jej matkę. Mimo woli się uśmiechnąłem. Miała na sobie koszulkę i krótkie spodenki. Wiedziałem, że zawsze sypiała nago, więc to musiał być jeden z jej nowych nawyków. Mój wzrok przesunął się po jej szyi przez posiniaczony obojczyk na piersi. Zaraz, kurwa. Co to jest? Czułem, jak w sekundę moje ciśnienie wzrosło do dwustu dwudziestu. Zapytałbym ją od razu, ale wtedy obudziłbym też Ninę. Zresztą chyba lepiej będzie, jak się uspokoję. Wstałem i poszedłem do kuchni.

***

Obudził mnie zapach świeżo zaparzonej kawy. Otworzyłam oczy i zerknęłam na śpiącą Ninę, potem automatycznie na budzik – szósta rano. Wstanie najdalej za pół godziny. Westchnęłam, włożyłam szlafrok i po cichu zeszłam po schodach. Czekała mnie jeszcze konfrontacja z Danielem. Wino wywietrzało mi z głowy i miałam zamiar ponownie stać się dla niego chłodna i zdystansowana. Stał tyłem do mnie, był w samych dżinsach i czekał, aż ekspres zrobi kawę. Widziałam na jego plecach nowe tatuaże. Nie było ich tam, kiedy byliśmy razem. Skomplikowany wzór zawierał kilka słów i ornamentów, chętnie przyjrzałabym się bliżej, ale Daniel obrócił się w moją stronę. Jego wzrok wręcz mnie zmroził. To kompletnie zbiło mnie z tropu.

– Dzień dobry? – zapytałam.

– Chujowy. – Daniel postawił kawę na stole. – Siadaj, musimy porozmawiać.

– Nie tym tonem, Daniel. Skończyły się czasy, kiedy słuchałam cię jak owca – wysyczałam wyniośle.

Doskoczył do mnie w sekundę i rozchylił mój szlafrok. Próbowałam go odepchnąć, ale obrócił mnie tyłem do siebie i przytrzymując za plecami moje ręce, zaciągnął do korytarza. Stanęliśmy przed lustrem.

– Co to, kurwa, jest? – zapytał, patrząc na mój szpetny siniak, który ciągnął się od barku przez cały obojczyk. Kompletnie o nim zapomniałam. Koszulka, w której spałam, w przeciwieństwie do T-shirtu, który nosiłam cały dzień, nie była w stanie tego zasłonić.

– Uderzyłam się – odpowiedziałam automatycznie. – Puść mnie.

– Pojebało cię? Myślisz, że w to uwierzę? Chyba zapominasz, gdzie wyrosłem. O takich śladach wiem kompletnie wszystko. Ktoś złapał cię za bark i gdzieś za niego ciągnął. Założę się, że to nie jedyne siniaki. Jak tego ktosia dorwę, to go, kurwa, zabiję, jak psa. Powiedz – zmienił ton na słodki – kto to jest albo wyciągnę sam wnioski i za chwilkę będziesz wdową.

– Daniel, to boli – powiedziałam tylko po to, żeby mnie puścił. Wiedziałam, że zadziała, i tak też się stało. Szkoda, że na innych tak nie działało…

– Mario, staram się być spokojny. – Daniel dalej stał bardzo blisko mnie. – Powiedz mi, co się stało?

– Nic. Uderzyłam się o szafkę.

– Nie dość, że dajesz się lać temu pierdolonemu pizdusiowi, to jeszcze kłamiesz.

Nie wytrzymałam.

– Wypierdalaj.

– Zapomnij. Poczekam na niego.

– Na nikogo nie poczekasz. To nie twoja sprawa. Od kiedy to jesteś przeciwnikiem przemocy fizycznej?

Wkurzyłam się i zaczęłam grać naprawdę nie fair. Daniel zacisnął dłonie w pięści i zmrużył oczy.

– Łóżko to łóżko, a życie to życie. Nigdy jakoś nie narzekałaś, a to jest moja sprawa, bo w tym domu mieszka moje dziecko. Poza tym, mimo że zachowujesz się jak kretynka, nie pozwolę ci zrobić krzywdy.

Tego było za wiele. Poczułam, jak ogarnia mnie furia.

– Największą krzywdę w całym życiu zrobiłeś mi ty. I nigdy ci tego, kurwa, nie zapomnę. Prawie zabiłeś najważniejszą osobę w moim życiu. Przez to, że byłeś pierdolonym ćpunem, który był na tyle słaby, że nie mógł bez kreseczki pociągnąć dnia.

Widziałam, że go to zabolało, i dobrze. Taki był mój cel.

– Ale nie na tyle słaby, by bić dziewczynę. Zupa była za słona?

Ledwo nad sobą panował. Sięgnęłam po leżące na parapecie papierosy. Paliłam okazjonalnie. To właśnie była okazja.

– Idę na taras na papierosa. Jak wrócę, ma cię tu nie być.

Wyszłam.

Zapaliłam papierosa. Utkwiłam wzrok w czymś, co zwisało z daszku tarasu.

Co to, kurwa, jest? – zastanawiałam się, podchodząc bliżej. Poranny rześki wiatr odwrócił w moją stronę lalkę, powieszoną za szyję na sznurze. Piękną lalkę o złotych włosach, ubraną w sukieneczkę Niny, której ostatnio nie mogłam znaleźć. Na czole czerwonym krwistym markerem miała napisane: NINA. Straciłam kontrolę nad sobą i zaczęłam wrzeszczeć. Darłam się tak długo, aż poczułam, że ktoś podnosi mnie z podłogi i przytula.

30 marca 2014 roku

Ściągnąłem kask i rękawice i wyjąłem telefon z kurtki. „Wychodź" – wystukałem w treści SMS-a. Po pięciu minutach zobaczyłem, jak zbiega po schodach. Przegazowałem silnik, widząc jej pełen zachwytu uśmiech. Czasem nie mogłem się powstrzymać, żeby nie kozaczyć.

– Szlifierka. No tak, mogłam się tego spodziewać. Pięknie mruczy – powiedziała, patrząc na motocykl z uznaniem.

– Drze ryja. – Roześmiałem się i podałem jej kombinezon. – Wracaj do domu i się przebierz.

Uniosła brwi.

– Muszę?

– Nie, ale jak się wyglebimy, to nie zostanie ci ani kawałek skóry na tych długich nogach. – Zmierzyłem spojrzeniem jej szorty.

– Często zaliczasz gleby? – zapytała.

– Miałem już kilkadziesiąt osób w charakterze pasażera. Nie stresuj się. Żadna nie spadła. – Uśmiechnąłem się złośliwie.

– A któraś narzekała?

– Tylko, że ją boli tyłek... – Najwyraźniej zapomniała, z kim zaczyna. – Od siedzenia, rzecz jasna – dodałem po chwili.

– Rzecz jasna.

Pokazała mi język, ale grzecznie poszła do domu. Wróciła po paru minutach w kombinezonie. Podałem jej kask.

* * *

– Wsiadasz i zsiadasz tylko wtedy, kiedy ci pozwolę. Masz trzymać się mnie w pasie. Mocno.

– Da się zrobić. – Patrzyłam na niego, wyglądał cholernie seksownie na tym motocyklu. Uśmiechnęłam się jeszcze szerzej. – Jakoś to zniosę.

– Nie przechylasz się...

– Nawet jak ty się przechylasz?

– Moto się przechyla, a ty razem z nim, ale nie wykonujesz żadnych dziwnych akrobacji. I nie ściskasz mnie udami jak dziewica, bo ciężko się wtedy oddycha. Ogarniasz?

– Chyba tak. – Trzeba będzie mu powiedzieć, ale raczej nie teraz... – A jak będę chciała coś ci powiedzieć?

– To masz problem, bo i tak nie usłyszę. Wkładaj kask i ciesz się chwilą.

Co mi tam, pomyślałam i wykonałam polecenie.

* * *

– Jezuuu, jakie to było dobre.

Marysia położyła się na leżaku przed modną knajpą na Rynku. Wielkie mojito podane w litrowym słoiku postawiła na stoliku. Wiosna była naprawdę ciepła.

– Cieszę się, że ci się podobało. W zeszłym roku nie było opcji jazdy o tej porze roku.

Podniosła okulary przeciwsłoneczne i popatrzyła na mnie kpiąco.

– Owszem, w zeszłym roku było chujowo. Chcesz rozmawiać o pogodzie?

– Jutro ma być również ciepło, choć wietrznie.

– Pogodynka.

– Spadaj. – Pstryknąłem ją w nos. – Muszę wiedzieć, czy jutro będzie pozytywna na skoki.

– Opowiedz mi, jak wygląda standardowy dzień w wojsku. Ale wiesz, tak jakbyś składał raport. O której wstajesz?

– O szóstej. Na siódmą muszę być w jednostce.

– Masakra. Ja wtedy przewracam się dopiero na drugi bok. No i co dalej?

– Siódma pięć apel poranny: mówią nam, co będziemy robić cały dzień, i nas dzielą. Pobierasz sprzęt, trzydzieści, czasem czterdzieści kilo, i zaiwaniasz z buta na poligon w Ostropie.

– Ale czemu z buta? – Marysia patrzyła na mnie jak na świra. – Przecież to ponad cztery kilometry?

– Bo desant polega na tym, że zeskakujesz ze spadochronem, a potem najczęściej musisz gdzieś dojść, więc nas do tego przystosowują. – Pociągnąłem łyk piwa. – No i oszczędzają wachę.

– A co robisz, kiedy już dojdziesz?

Zakrztusiłem się piwem. Popatrzyła na mnie prowokująco.

– Nie o takie dochodzenie mi chodzi... Domyślam się, że ubierasz się i idziesz do domu.

Wredna cholera. Doskonale wiedziała, o jakim „dojściu" najpierw pomyślałem.

– Zależy, który raz – odciąłem się z cwaniackim uśmiechem. – Wracając do tematu, kiedy już dojdę na poligon, to tam mamy odpowiednie zadania, na przykład ćwiczymy zasadzki. Ale kiedy jest dobra pogoda, to najczęściej skaczemy. Wtedy jedziemy na Balice. Tam wsiadamy do samolotu.

– Boisz się?

– Samolotu? Nie.

– Skakania.

– Tylko idiota się nie boi, wyskakując z samolotu na wysokości czterystu metrów. – Uśmiechnąłem się. – Ale lubię to. Czuję wtedy, że żyję.

– I potem otwierasz spadochron? Jak w filmach?

Roześmiałem się. Bawił mnie jej zapał i to, że patrzyła na mnie jak na Batmana albo innego superbohatera.

– Sam się otwiera po dwóch sekundach. Wypowiadasz dwie liczby: sto dwadzieścia jeden, sto dwadzieścia dwa i kiedy się otworzy, sprawdzasz, czy czasza napełniła się prawidłowo.

– Panujesz nad tym, co się z tobą dzieje?

– Na początku trochę cię wyobraca, a potem ustawiasz się już odpowiednio.

– O czym wtedy myślisz?

– Żeby na przykład nie wjebać się w las.

Wydęła wargi.

– Weź się postaraj, chcę się wczuć.

Zastanowiłem się chwilę.

– Najpierw sprawdzasz, czy wszystko dobrze idzie, a potem widzisz ziemię, która zbliża się stanowczo za szybko. Zawsze wydaje się, że za szybko, ile skoków byś nie oddał.

– I co wtedy myślisz?

Zaśmiałem się.

– Kurwa, kurwa, kurwa mać.

Marysia też się roześmiała.

– Potem obracasz się tak, żeby mieć wiatr z tyłu, i lądujesz na nogach. Nogi razem.

– Dobra rada. Odnosi się nie tylko do skoków. – Poprawiła okulary. – Czy takie lądowanie boli?

– Czasem tak. Wiesz, to jest tylko teoria, póki nie skoczysz, nie będziesz wiedziała, jak to jest. Jak z orgazmem...

Tym razem to ja postanowiłem ją sprowokować.

* * *

– Mówisz? A skąd wiesz, że jutro będziesz skakał?

Szybko zmieniłam temat. Z jednej strony lubiłam go prowokować, ale z drugiej obawiałam się, że go w końcu sprowokuję i wtedy spękam, jak mała dziewczynka.

– Nie wiem, to zależy, jaka będzie pogoda, ale jeśli będzie dobra, to tak, jestem na liście.

– Na jakiej liście?

– W piątek wieszają listę. Podszedłem do tablicy i zobaczyłem, że na niej jestem.

– Myślisz o tym?

– To naturalne, że cały weekend masz to z tyłu głowy. Jutro będę musiał wyjść z zupełnie sprawnego samolotu, zanim on wyląduje. – Zaśmiał się. – Kto normalny tak robi?

– Jesteś fascynujący – powiedziałam szczerze, zanim zdążyłam ugryźć się w język.

– Tak? – Daniel pochylił się nade mną. – Powiem ci w sekrecie, że pierwsze, o czym myślę po wylądowaniu, jeśli wszystko się udało, to że jest to lepsze niż seks.

Cwaniak. Zanim pomyślałam, co robię, powiedziałam coś, co z pewnością zbiło go z tropu:

– Tak? Nie bardzo mam porównanie, bo nie uprawiałam nigdy seksu.

* * *

Zawinąłem spadochron do torby transportowej i zarzuciłem sobie na plecy. Wyjątkowo nie myślałem o tym, jak ciężkie jest to kurewstwo i jak niewygodnie idzie się kilometr do punktu zbiórki w tym cholernym piasku Pustyni Błędowskiej. Jaka, kurwa, dziewica? Dwudziestopięcioletnia? Czułem się jak bohater brazylijskiej telenoweli. Przecież to niemożliwe. Nie z jej wyglądem. Kiedy to wczoraj powiedziała, zacząłem się śmiać. Myślałem, że robi sobie ze mnie jaja. Ona roześmiała się razem ze mną, a kiedy chwilę później poszedłem do kibla, zostawiła na stoliku kasę za swojego drinka i się zawinęła. I przestała odbierać telefon.

– „Siwy", nie myśl tyle, bo się zmęczysz. – Głos Karola wyrwał mnie z zadumy. Wylądował niedaleko i szybko do mnie dołączył.

– Spałeś kiedyś z dziewicą? – zapytałem wprost swojego najlepszego kumpla.

– Poznałeś jakąś dupę z gimnazjum?

– Nie. Jest starsza.

– Brzydka jak nieszczęście?

– Śliczna.

– Nawiedzona katoliczka?

– Raczej nie. Nie wspominała nic o Bogu.

– To robi cię w chuja.

– Tylko po co?

– A bo ja wiem? Kto zrozumie kobiety? Może chce zgrywać niedostępną? Albo unikatową?

– Bez sensu. Przecież i tak się dowiem, prędzej czy później.

– Może uciekła z klasztoru albo rodzina trzymała ją w piwnicy... Tak czy siak, przyjemność średnia, a konsekwencje duże, może i poruchasz, ale na bank się w tobie zakocha i potem będzie dramat.

Nic nie odpowiedziałem. Kurwa, nie zostawię tego tak.

Z jednostki wyszedłem o dwudziestej drugiej. Trzydzieści minut później zaparkowałem auto przed jej domem w Wilczy. Parę kilometrów od Gliwic.

W jej pokoju paliło się światło. Nigdy jeszcze nie byłem w środku, ale kiedy tydzień temu ją odwoziłem, pokazała mi, które to okno. A potem przez dwadzieścia pięć minut robiła ze mną takie rzeczy, że kiedy powiedziała, że musi już iść, myślałem, że trafi mnie szlag. Założyłem, że po prostu mnie podjudza. Po to, żebym jeszcze więcej o niej myślał i jeszcze bardziej czekał. Jeśli wczoraj mówiła prawdę, to sprawa miała się zgoła inaczej. Wyszedłem z auta i przeskoczyłem przez płot, lądując w ogródku. Na szczęście nie miał tam dostępu wielki wilczur, który biegał po pozostałej części posesji. Spojrzałem na starą jabłonkę, która kończyła się na wysokości balkonu przy jej pokoju. Mam nadzieję, że wytrzyma, pomyślałem, wspinając się na pień. Stanąłem na kilku solidniejszych gałęziach, ale i tak ostatni fragment musiałem pokonać, wskakując na płaski dach. Potem przeskoczyłem barierkę balkonu i zapukałem w duże okno. Marysia uchyliła zasłonkę. Popatrzyła na mnie zdziwiona. Chwilę później zasunęła zasłony z powrotem. Pięknie. Zapukałem jeszcze raz. Bez odzewu. Wyjąłem z kieszeni telefon i wystukałem SMS-a: „Nie zejdę tą samą drogą, bo się nie da. Albo mnie wpuścisz, albo dzwonię po straż pożarną". Po minucie podeszła do drzwi balkonowych i je otworzyła. Wszedłem do dużego pokoju na poddaszu.

– Marysiu, możesz mi powiedzieć, co się stało?

– Nic się nie stało. – Siedziała na rozkładanym fotelu z nogami na podpórce i udawała, że czyta książkę. – Po prostu stwierdziłam, że do siebie nie pasujemy.

Boże, daj mi cierpliwość!

– Naprawdę uważałaś, że to jest informacja, która nie brzmi jak żart?

Usiadłem w drugim fotelu obok niej i za jej przykładem wyłożyłem stopy na otwierający się na guzik podnóżek. Uśmiechnęła się lekceważąco.

– To był żart.

– Nie. Nie był. Dlatego się tak wkurwiłaś. Możesz mi powiedzieć, jak to możliwe?

– Nie – odpowiedziała i wsadziła nos w książkę: *Sensacje XX wieku* Bogusława Wołoszańskiego.

Nie zdzierżę. Wyjąłem jej książkę z rąk i wyrzuciłem w drugi kąt pokoju.

– Patrz na mnie, kiedy do ciebie mówię – powiedziałem spokojnym głosem.

– Pocałuj mnie w…

Wiedziałem, co chce powiedzieć, więc nie pozwoliłem jej skończyć. Pochyliłem się nad nią, złapałem za podbródek i pocałowałem. Najpierw zacisnęła usta, ale po dziesięciu sekundach odpuściła i zarzuciła mi ramiona na szyję. Szybka kapitulacja, uśmiechnąłem się w myślach. Moje ręce, całkiem bez udziału głowy, zaczęły wędrować po jej ciele. Jęknęła, kiedy dotknąłem jej piersi. Wstałem z fotela, pociągnąłem ją za sobą, a kiedy wstała, oparłem o ścianę.

– Ryś, jesteś kompletnie nienormalna, wiesz o tym? – zapytałem, całując ją po szyi.

Objęła mnie nogami. Tym razem ja zajęczałem.

– Tak bardzo chcesz wkurzyć swoich braci, że nie myślisz logicznie. Masz rację, nie pasujemy do siebie… – mówiłem, kierując usta do jej ucha. Przygryzłem jego płatek, a Marysia cicho krzyknęła.

Usłyszałem dźwięk otwierających się drzwi na tym samym piętrze i zamarłem. Odsunąłem się od niej.

– Wskakuj za łóżko! – syknęła.

***

Daniel błyskawicznie wcisnął się za łóżko. Nie miał za wiele miejsca, ale nie było go widać. Usłyszałam pukanie.

– Rysiek, wszystko okej?

W drzwiach stanął Tomek.

– A czemu miałoby nie być?

Popatrzyłam na niego jak na wariata. Rozejrzał się po pokoju.

– Wydawało mi się, że z kimś rozmawiasz.

– Gadałam przez telefon.

– Męski głos słyszałem.

– Bo przez głośnomówiący.

– Kitrasz kogoś w pokoju? Przecież nie naskarżę rodzicom. Łukaszowi też nie powiem. Przedstaw mnie.

– Tomku, oto mój wymyślony przyjaciel. Mój wymyślony przyjacielu, to mój brat Tomek.

– Wariatka. – Tomek zaczął się śmiać. – Nie to nie. Będzie musiał wyjść, to go sobie obejrzę na schodach.

Uśmiechnęłam się mimo woli.

– Wypad.

Tomek miał trzydzieści dwa lata, a czasami nadal zachowywał się tak, jakbyśmy byli w podstawówce. Udało mi się wypchnąć go na korytarz i zamknęłam drzwi. Przezornie przekręciłam klucz w zamku. Podeszłam do łóżka i opadłam na nie. Tymczasem zza niego wychylił się siwy łeb.

– Czemu trzymasz tam kij baseballowy? – wyszeptał, wskazując ręką za łóżko.

– Na taką okoliczność jak ta – powiedziałam, obracając się na drugi bok.

Niepotrzebnie to zaczynałam. Byłam beznadziejna, jeśli chodzi o relacje z facetami.

Daniel usiadł obok mnie, uśmiechnął się i dotknął mojego policzka.

– Mario, jesteś śliczną dziewczyną. Jak to możliwe, że nigdy…

– Się nie pieprzyłam? – dokończyłam za niego.

Skrzywił się.

– Wyrażaj się, młoda. Czemu nie uprawiałaś z nikim seksu?

– Bo nie miałam ochoty.

– Akurat. Widzę właśnie, że jesteś zimna jak lód.

Popatrzył znacząco na moje sutki rysujące się pod obcisłą koszulką.

– A jak ci powiem, to sobie pójdziesz i dasz mi święty spokój? – zapytałam z niechęcią.

– Zobaczymy.

Usiadłam na łóżku.

– Mam dwóch starszych braci. Kiedy byłam nastolatką i słuchałam ich rozmów o laskach, to robiło mi się słabo, jak pomyślałam, że ktoś mógłby mówić tak o mnie. Stwierdziłam wtedy, że nie będę uprawiała seksu, póki się nie zakocham. A że się nigdy nie zakochałam… Podobam się zwykle wrażliwym facetom, a mnie podobają się ci niegrzeczni. Z kolei niegrzeczni jasno formułowali, czego ode mnie chcą, i kółko się zamykało. Kiedy miałam dwadzieścia dwa lata, pojawił się nowy problem

– gdy tylko któremuś wspominałam o tym drobnym fakcie, to zachowywał się dokładnie tak jak ty. Najpierw reagował śmiechem, a potem miał w oczach autentyczne przerażenie. Dlatego powiedziałam ci, że do siebie nie pasujemy. Nie chce mi się jeszcze raz tego przechodzić.

* * *

Patrzyłem na nią i nie miałem pojęcia, co powiedzieć, bo oczywiście byłem przerażony. To zdecydowanie nie było normalne. Zwłaszcza w zestawieniu z moimi dotychczasowymi dziewczynami. Nie miałem ochoty bawić się w nauczyciela. Z jednej strony lubiłem doświadczone laski, które wiedziały, jak się odnaleźć w łóżku. Z drugiej ona mnie kręciła, a do tego nikt oprócz mnie jej nie dotykał. Hm, no może nie do końca nie dotykał, bo zorientowałem się, że taka całkiem zielona to nie była... Czy kiedykolwiek w życiu miałem cokolwiek, co nie byłoby używane? Poczułem tak wielką satysfakcję, że sam się przeraziłem. Zdałem sobie sprawę, że to nie jest najlepszy moment na stałe związki. Zaraz będę, kurwa, bez pracy. Otwierały się przede mną inne drogi zawodowe, ale żadna z nich w najmniejszym stopniu nie była odpowiednia dla takiej dziewczyny jak ona. Mogłem napierdalać się w klatce, ale umówmy się – za stary byłem, żeby zostać Mamedem Chalidowem. Mogłem jechać do Iraku w charakterze żołnierza „prywatnych sił zbrojnych", których ogromny odsetek wracał w plastikowym worku. Mogłem wreszcie wrócić do „biznesu" i stać na ochronie. Kurwa, wymarzone towarzystwo dla przyszłej pani adwokat. Ale co z tego, skoro kiedy tylko patrzyłem w te ciskające właśnie błyskawice zielone oczy, wiedziałem, że seksu z nią sobie nie odpuszczę. Nad konsekwencjami zastanowię się później.

– Zrobię to dla ciebie – powiedziałem z uśmiechem.

Popatrzyła na mnie nieufnie.

– Co?

– Przelecę cię i uwolnię od tych obciążeń psychicznych.

– Zapomnij. Nie kocham cię.

– Ale na mnie lecisz. To wystarczy.

– Mogę się z tobą założyć.

– Ja też, ale nie w domu twoich rodziców i nie z twoim bratem, który przytyka właśnie ucho do drzwi. Jeszcze wpadłby w kompleksy.

Patrzyłem w jej wściekłe oczy i stwierdziłem, że chcę ją jeszcze raz pocałować. Zrezygnowałem z tego planu, bo spróbowała mnie kopnąć.

– Jesteś kompletnie dzika – powiedziałem, wstając. – To może być interesujące doświadczenie.

– Wolałabym sczeznąć.

– Pa, kochanie. Zamknij okno.

Skierowałem się do drzwi balkonowych.

– Mówiłeś, że nie da się tamtą drogą zejść – usłyszałem, otwierając drzwi.

– Kłamałem.

Uśmiechnąłem się i przesłałem jej buziaka.

6 maja 2017 roku

– Cicho. Uspokój się – powtarzałem, przytulając Marysię. Nie mogłem oderwać oczu od tej pierdolonej lalki.

– Ściągnij to, proszę cię – wyszeptała mi w szyję.

– Nie mogę, Ryś. Radek i Łukasz muszą to zobaczyć.

W tej chwili na górze rozległ się płacz.

– Idź do niej, a ja tu wszystko ogarnę – powiedziałem pewnym głosem.

Poszedłem do kuchni i wyjąłem papierosa z paczki. Wyszedłem z powrotem na taras i zapaliłem. Czułem się bezsilny. Dobra… nie użalać się nad sobą, tylko działać! Wyjąłem z kieszeni telefon.

– Pojebało cię? Jest szósta trzydzieści rano! – usłyszałem zaspany głos Radka.

– Zaraz prześlę ci coś MMS-em, ciekawe, czy uznasz, że to wystarczy do „wszczęcia alarmu" – zacytowałem jego słowa sprzed kilku godzin.

Zrobiłem fotkę lalce i wysłałem. Po dwóch minutach oddzwonił.

– Będę za pół godziny. Niczego nie ruszaj. „Zimny" wie?

– Jeszcze nie.

– To niech się dowie.

Zadzwoniłem do Łukasza i opowiedziałem mu, co się stało. Potem poszedłem na górę. Marysia bawiła się z Niną, jednak po jej twarzy cały czas płynęły łzy.

– Ryś, muszę ci coś powiedzieć. Łukasz kazał cię nie martwić, ale nie mam zamiaru cię okłamywać. To prawdopodobnie moja wina. – Pokazałem jej wczorajszego SMS-a. Byłem przygotowany, że zjebie mnie jak psa, zabroni kontaktów z małą... Tymczasem jej słowa bardzo mnie zdziwiły.

– Nie obchodzi mnie, kto to jest i o co tu chodzi. Chcę tylko, żebyście zrobili z tym porządek!

– Nie wiem, czy ja nie jestem celem.

– Daniel, nie obchodzi mnie to. – Uśmiechnęła się uspokajająco do Niny, która popatrzyła na nią zdziwiona, słysząc jej podniesiony ton. – Zrób coś z tym! Sama sobie nie poradzę, gdyby ktoś chciał jej coś zrobić. Potrzebuję cię.

– Ogarnę. Nie martw się.

Maria wzięła małą na ręce i skierowała się w stronę schodów.

– Nina była w tej sukience u mamy. To było wtedy, kiedy Radek wmanewrował mnie w spotkanie z tobą. Potem nie mogłam jej znaleźć.

– W styczniu?

Zamurowało mnie. Niemożliwe. Wtedy nie miałem jeszcze kontaktu z dzieckiem.

– No właśnie! Nie chodzi o ciebie.

* * *

Kiedy schodziłam po schodach, usłyszałam jakiś ruch w salonie. Zatrzymałam się i przytuliłam Ninę. Daniel wyminął mnie i ostrożnie wyjrzał zza balustrady. Widziałam, jak jego napięte mięśnie się rozluźniły.

– Co ty tu, kurwa, robisz? – usłyszałam wściekły głos mojego męża.

– Chuj cię to obchodzi. – Wymienili między sobą standardowe uprzejmości.

– Kamil. Wróciłeś wcześniej… – powiedziałam, wyobrażając sobie, jaka koszmarna awantura mnie czeka. Chociaż z drugiej strony… Jakie to ma teraz znaczenie? Mimo to dodałam tonem usprawiedliwienia: – To wyjątkowa sytuacja. Nie wyobrażasz sobie…

– Nie wyobrażam sobie, co on tu robi o siódmej rano. – Popatrzył na mnie zmrużonymi oczami. – Wytłumaczysz mi to później, a teraz niech się stąd zabiera.

Wyszedł przed dom, trzaskając drzwiami. Normalka. Daniel ruszył za nim błyskawicznie.

– Porozmawiam z nim.

– Daniel, nie – powiedziałam cicho, ale wiedziałam, że nie mam szans, by go zatrzymać.

Pobiegłam włożyć Ninę do kojca.

***

Stał na podjeździe obok swojej bety i palił fajkę. Podszedłem do niego powoli. Był mojego wzrostu, ubrany w drogi garnitur i skórzane mokasyny.

– Posłuchaj mnie, pajacu, uważnie. Wystarczyłoby, żebym powiedział „Zimnemu", jakie Marysia ma siniaki, i by cię zajebał, ale tego nie zrobię. Wiesz czemu? Bo mam ochotę zrobić to osobiście! Jeśli jeszcze raz się dowiem, że ją szarpałeś, potrząsnąłeś, wyzwałeś albo chociaż popatrzyłeś na nią krzywo, to osobiście cię zapierdolę.

– Waż słowa, ćpunie. Złożę zawiadomienie o groźbach karalnych. – Patrzył na mnie z cwaniackim uśmiechem. – Zresztą nie boję się ciebie.

To się gnojek wykozaczył przez ostatnie półtora roku. Myśli, że jego praca, kasa i pozycja zapewniają mu nietykalność. Za dużo naczytał się tych coachingowych bzdetów. No tak. Chłopak był z innego świata. Teraz trzeba było wprowadzić go w mój. Jednym szybkim ruchem złapałem go za rękę i wywinąłem ją w drugą stronę. Kiedy zgiął się wpół, z całej siły kopnąłem go w kostkę, a kiedy już upadał na ziemię, poprawiłem mu solidnym strzałem w pysk. Leżał zwinięty w kłębek na kostce brukowej podjazdu. Malowniczy widok.

– Teraz już się boisz? A to dopiero rozgrzewka. O! Spodnie ci się podarły.

Czubkiem buta dotknąłem przetarcia na kostce.

– Daniel, co ty robisz? – dobiegł mnie głos Radka, który właśnie wysiadł z samochodu.

– Nie wpierdalaj się.

– On mnie napadł – wyjąkał Kamil, najwyraźniej oczekując ratunku.

Machnąłem ręką i skierowałem się w stronę domu. Wszedłem do przedpokoju, prawie uderzając drzwiami Marysię.

– Daniel… – zaczęła.

– Nie obchodzi mnie to, co powiesz. Należało się skurwielowi.

– Tylko że teraz będzie jeszcze trudniej…

Nie wytrzymałem.

– To go zostaw.

Marysia przejechała ręką po włosach.

– To nie takie proste.

– Możesz mi wytłumaczyć, co ty odpierdalasz? – Radek wpakował się za mną do przedpokoju. – Jeśli on złoży zawiadomienie, to...

W tym momencie zauważył siniaki Marysi. Momentalnie zobaczyłem, jak jego spojrzenie łagodnieje. Zrozumiał od razu. Wiedziałem, że w tej sytuacji mam jego pełne wsparcie.

– Łukasz wie? – zapytał Marię, patrząc wymownie na fioletowe miejsca.

– Nie. I proszę cię, by się nie dowiedział. Sama sobie poradzę.

Z podwórka dobiegł odgłos ruszającego z piskiem opon samochodu.

– Pajaca mamy chwilowo z głowy. Chodź na taras.

***

Nie rozumiałam tego, co się dzieje. Może to i lepiej. Przypomniał mi się tekst Pameli Anderson: „Nie myślę zbyt wiele nad niczym. Jeśli myślę zbyt wiele, to mnie to tak jakby przeraża!". Płakałam ze śmiechu, kiedy to przeczytałam, a teraz z wisielczym humorem pomyślałam, że zaczynam ją rozumieć. Zerknęłam do kojca, Nina bawiła się Peppą. Włożyłam sweter i wyszłam na taras. Radek pakował tę cholerną lalkę do worka. Na dłoniach miał jednorazowe rękawiczki.

– I co? – zapytałam, stając w progu.

– Brunet, metr osiemdziesiąt, nosi okulary i słucha jazzu – powiedział Radek, nie odrywając wzroku od lalki.

– Bawi cię to? – zaatakowałam go błyskawicznie.

– Nie, ale to nie CSI. Nic ci na razie nie powiem. Muszę to oddać do laboratorium.

– Pokaż. – Łukasz wszedł na taras i wziął do ręki worek z lalką. – Macie krew na podjeździe. Wziąłeś próbkę? – zapytał Radka.

– Nie muszę. Daniel napierdolił twojego szwagra i to jego krew.

Łukasz popatrzył na mnie, a potem na Daniela.

– O co tu, kurwa, chodzi?

– To akurat jest proste. Twoja siostra ma parszywe siniaki. Gdybym miał zgadywać, tobym powiedział, że Kamilek czasami traci nad sobą panowanie.

Popatrzyłam na niego z wściekłością, a on się do mnie uśmiechnął.

– Sorki, Maryśka, ale z twoim bratem nie mamy przed sobą tajemnic.

5–6 kwietnia 2014 roku

Wszedłem do kibla i zamknąłem się w kabinie. Wysypałem gram na jedną kartę, drugą ustawiając dwie grube krechy. Zwinąłem pięćdziesiąt złotych i strzeliłem sobie w obie dziurki, po czym przechyliłem głowę do tyłu, żeby szybciej spłynęło. Po chwili poczułem gryzący smak w gardle, a krótko po nim ból w potylicy. Mocne. Wyszedłem z toalety i umyłem ręce. Sprawdziłem, czy przy nosie nie zrobiła mi się charakterystyczna „aureolka", wytarłem załzawione oczy, a potem wróciłem na salę. Podszedłem do siedzącego przy wejściu Witka, który przeliczał pieniądze w kasie. Spojrzał na mnie z uśmiechem.

– No i jak?

– Niezłe. – Skrzywiłem się, czując gorzki smak w ustach. – Mówiłeś, że masz dla mnie jakąś robotę.

– Roboty dla ciebie jest mnóstwo, tylko nie wiem, jak masz zamiar to pogodzić z wojskiem.

– Niedługo wypadam z wojska.

– „Szary" potrzebuje ludzi. Rozwijamy się. Chce stopniowo przechodzić na legal. Za te działania odpowiedzialny jest „Rusek". Natomiast „Bolo" trzyma te, które nigdy nie będą przekształcone na legalne. Rozumiem, że wolałbyś współpracować z tym drugim?

Spojrzałem w kierunku antresoli nad parkietem. W przytłumionym świetle lamp zobaczyłem faceta opierającego się o srebrną barierkę. Patrzył na parkiet wzrokiem posiadacza. „Szary". Legendy miejskie głosiły, że to najbardziej popierdolony skurwiel, jaki kiedykolwiek rządził na Śląsku. Jego wygląd kompletnie na to nie wskazywał. Troszkę niższy ode mnie, szczupły, w dobrym garniturze. Widziałem go kilka razy z bliska. Dopiero kiedy spojrzało się w jego oczy, było wiadomo, że ma nierówno pod kopułą. Mój wzrok powędrował do jedynego stolika znajdującego się na antresoli. Siedziało przy nim dwóch kolesi i zaśmiewało się z czegoś, co oglądali na komórce. „Bolo" – łysy koks w obcisłym białym T-shircie z napisem „Hugo Boss" i złotym łańcuchem na klacie. Szyi nie miał. I „Rusek", równie wielki, ale stylizujący się na australijskiego surfera

– hawajska koszula, lniane spodnie i blond włosy na żel. Wymarzona ekipa, pomyślałem smutno. Jakbym miał jakiś wybór...

– W każdym razie, jak już będzie tak daleko, że będę mógł się zgłosić, to mogę z tobą rozmawiać?

– Pewnie. – Witek zamknął kasę. – Tylko mówią, że ostatnio jeździsz na jakieś ustawki. Będziesz musiał sobie odpuścić. Jeśli pracujesz dla „Szarego" to tylko na wyłączność.

– Spoko. To było hobbystycznie. Przysługa dla kolegów z dzieciństwa. – Uśmiechnąłem się. – Ile jestem ci winien za „białe"?

Chciałem uregulować należność za pięciogramowy woreczek.

– To na poczet przyszłej współpracy.

Witek uścisnął mi rękę i poszedł w stronę parkietu.

Ruszyłem do baru i zamówiłem browar. Czułem dudnienie w uszach. Serce biło mi w rytm ogłuszającego basu. Chwilowo nie myślałem o jakichkolwiek problemach.

* * *

– Marysiu, kompletnie nie rozumiem, czemu chcesz iść do tej mordowni? – marudził Kamil od chwili, kiedy wsiedliśmy do auta.

To był mój najlepszy kumpel. Wiedziałam dobrze, że jest we mnie zakochany. Powiedziałam mu jasno i dobitnie, że nigdy, przenigdy nic z tego nie będzie. Przyjął to do wiadomości. Od czasu do czasu prowadzał się nawet z jakimiś dziewczynami. Jednak dziś zadzwonił i zapytał, czy możemy razem gdzieś wyjść. Idealnie wpasował się w mój szatański plan. Ten cholerny baran, blond casanova od siedmiu boleści, pieprzony Daniel Wyrwa, po opuszczeniu mojego domu i nieśmiertelnej deklaracji, że mnie „przeleci", nie odezwał się przez cały tydzień. Nie miałam zamiaru robić tego pierwsza, ale też nie zwykłam tak zostawiać spraw. Jeszcze przyjdzie. Wróci na klęczkach, a ja wtedy mu powiem, że nie. Taki miałam plan. Wiedziałam, że w soboty, jeśli nie miał służby, bywał w jednej z dwóch dyskotek w Katowicach. Postanowiłam sprawdzić obie, dla niepoznaki zabierając ze sobą Kamila. Jako że niewiele pił i miał strasznie słabą głowę, idealnie sprawdzał się w roli kierowcy. Zadzwoniłam też do Marty i Kasi – koleżanek, które chodziły razem z nami do szkoły i słynęły z ostrego imprezowania.

W pierwszej kolejności postanowiłam sprawdzić Prozac. Weszliśmy do dyskoteki i zajęłyśmy z dziewczynami lożę, a Kamil przyniósł z baru trzy kolorowe drinki i piwo bezalkoholowe. Koleżanki, już wesolutkie, uderzyły na parkiet, a ja zabijałam czas, rozmawiając z Kamilem o swojej aplikacji i jego nowej pracy w korporacji. Jednocześnie skanowałam parkiet, mając ustawione wszystkie radary na Daniela. Nie było zbyt wiele osób i po godzinie uznałam, że gdyby tu był, już bym o tym wiedziała. Wreszcie przekonałam towarzystwo, że czas udać się do Dekadencji. Powtórzyłam schemat, ale w tym lokalu panował dużo większy tłum. Po wypiciu trzech drinków stwierdziłam, że czas potańczyć. Kamil oparł się o kolumnę oddzielającą parkiet od stolików. Pił colę, cały czas mnie obserwując. Zaczęłyśmy tańczyć, a wypity alkohol spowodował, że specjalnie się w tym tańcu nie krępowałyśmy. Po chwili zebrało się wokół nas kilku facetów. Odchyliłam głowę do tyłu, prowokacyjnie odrzucając włosy, mój wzrok zatrzymał się na antresoli. Zobaczyłam opartego o barierkę eleganckiego faceta, który wpatrywał się we mnie z ciekawością. Uśmiechnęłam się i pomachałam mu ręką. Chciał właśnie zrobić to samo, kiedy podszedł do niego jakiś wielki typ i coś mu powiedział do ucha. Po chwili zobaczyłam, jak facet z antresoli schodzi ze schodów i opuszcza klub. Szkoda. Wyróżniał się z tłumu tych nijakich chłopaczków...

Starałam się nie myśleć o powodzie mojej wizyty w tej dyskotece. Najwyraźniej miał dzisiaj służbę albo zmienił miejscówkę, by na mnie nie trafić. Nagle poczułam dotyk męskich rąk w pasie. Obróciłam się z nadzieją i... ujrzałam zupełnie obcego kolesia. Nie byłam w stanie ukryć rozczarowania, mimo to zaczęłam z nim tańczyć.

* * *

Patrzyłem na Witka, który szeptał jakieś polecenia ochroniarzowi stojącemu przy barze.

– Coś się stało?

Pociągnąłem łyk piwa.

– Tak. Jakaś zadyma w Prozacu. Muszę to ogarnąć. Będziemy w kontakcie. – Błyskawicznie poszedł na górę.

Patrzyłem na parkiet, zastanawiając się, czy mam ochotę wyrwać jakąś laskę. W przypływie zdrowego rozsądku i wykasowałem numer do Marii Zimnickiej. Za dużo komplikacji. Za wiele do stracenia. Za duża szansa, że nie wyjdę z tego bez szwanku. Z bólem serca przyznałem, że mój brat miał rację. Zamówiłem kolejne piwo i wtedy ją zobaczyłem. Tańczyła na środku parkietu. Mam schizy. Halucynacje. Może to jakiś trefny towar? Wstałem z krzesła i mrużąc oczy, wpatrywałem się w miejsce, gdzie przed chwilą mignęła mi jej twarz. Niestety nie miałem zwidów. Tańczyła, śmiała się i potrząsała długimi jasnymi włosami. Potem popatrzyła w górę i zobaczyłem, jak macha w stronę antresoli. Dobrze wiedziałem, kto tam stał i z czego słynął. Poczułem lodowate zimno na karku. Idiotka. Cholerna idiotka. Puls dudnił mi w uszach, w równym stopniu zawdzięczałem to amfie, jak i ogarniającemu mnie przerażeniu. Jeśli „Szary" każe po nią zejść i zaprosi ją do stolika, nie będę w stanie już nic zrobić. Muszę dotrzeć do niej pierwszy, pomyślałem, przepychając się w stronę parkietu. Wtedy usłyszałem odgłosy zamieszania na znajdujących się za mną schodach. Zbiegli po nich Witek i „Bolo". „Szary" powoli zszedł za nimi. Nie śpieszył się specjalnie, a tłum rozstępował się przed nim jak Morze Czerwone. Reputacja zdecydowanie go wyprzedzała. Wyszli z klubu, a ja wróciłem na krzesło przy barze. Zadyma w Prozacu musiała być poważna, skoro „Szary" osobiście się pofatygował. Poczułem obezwładniającą ulgę, a po chwili wściekłość. Idiotka nie podejrzewała, jak to mogło się dla niej skończyć. Co ona w ogóle tu robi? To nie miejsce dla niej. Przejechałem ręką po twarzy. Jestem nienormalny. Przecież mówiłem jej, gdzie bywam, więc… chciała na mnie „niechcący" trafić. Kiedy pomyślałem, jak mogło się to skończyć... Gdyby trafiła do stolika „Szarego", jako anonimowa dziewczyna, w zależności od jego humoru i tego, jak bardzo by mu się spodobała, już mogłaby mieć problemy. A gdyby jeszcze przedstawiła się i „Szary" by zrozumiał, kogo ma na wyciągnięcie ręki... Przełknąłem głośno ślinę. Wszyscy wiedzieli, że „Zimny" nad nim pracuje. Dlatego tak bardzo się starałem, żeby nikt nie wiedział, kim jest mój brat... O znajomości z prokuratorem nie wspominając. Moi koledzy kibice, moi koledzy ochroniarze, wszyscy, kurwa, chcieliby mnie zajebać. Przeze mnie siostra prokuratora znalazła się w dyskotece należącej do bossa mafii, którego ten rozpracowywał. Popatrzyłem ze złością na parkiet. Maria tańczyła z jakimś mariano italiano, który zaczynał coraz śmielej ją obmacywać.

***

– Przepraszam, muszę iść do toalety – powiedziałam do natrętnego chłopaka, żeby choć na chwilę się od niego uwolnić.

– Będę czekał przy barze! – krzyknął za mną, ale udałam, że nie słyszę.

Przepchnęłam się przez tłum, weszłam do toalety i odetchnęłam z ulgą. Przyjazd tutaj to nie był dobry pomysł. Umyłam ręce i postanowiłam odnaleźć ekipę i wracać do domu. Kiedy wyszłam na korytarz oddzielający toalety od sali, poczułam, jak ktoś gwałtownie łapie mnie z rękę. Krzyknęłam, odwróciłam się i zanim podniosłam wzrok na jego twarz, poczułam jego zapach. Emporio Armani For Him. Znalazła się zguba. Uśmiechnęłam się i spojrzałam na niego. Ujrzałam lodowate błękitne oczy o rozszerzonych źrenicach. Widać było, że jest wściekły.

– Co ty tu, kurwa, robisz? – wysyczał, łapiąc mnie za łokieć.

– Zostaw mnie, bo zawołam ochronę – powiedziałam lodowatym tonem, ignorując swoje trzęsące się kolana. – Mogę chodzić, gdzie chcę.

– Pewnie, tylko czemu akurat tam gdzie ja?

– Nie chciałam tu przychodzić. Znajomi mnie zmusili – skłamałam bezczelnie. – Nie odzywałeś się, więc chyba mamy jasność. Nie ośmieszaj się, wyobrażając sobie, że możesz mi rozkazywać. Puść mnie, czeka na mnie drink i całkiem fajny facet.

Starałam się wyrwać rękę, ale Daniel trzymał mnie mocno.

– Mam wrażenie, że masz już dość picia.

– Mam wrażenie, że to nie twoja sprawa.

Spojrzałam na faceta siedzącego przy barze. To jeszcze bardziej wkurzyło Daniela. Prawie roześmiałam się w głos.

– Wszystko okej? – usłyszałam za sobą głos Kamila. *Fuck*. Zapomniałam o swoim aniele stróżu.

– Tak, okej. – Uśmiechnęłam się do Kamila. – To kolega mojego brata.

– Wydaje mi się, że nie podoba ci się jego towarzystwo. – Kamil najwyraźniej nie zrozumiał, że powinien sobie odpuścić. – Powiedz tylko słowo, a...

– A co? – zainteresował się Daniel. Powiedział to tak, że poczułam strach. Łukasz ostrzegał mnie, że on nie jest święty. Nie chciałam mieszać Kamila w te sprawy. Zwłaszcza że był bardzo fajny i miły i trudno było go nazwać zabijaką.

– Kamil, zostaw nas na chwilę i idź po dziewczyny, co? – poprosiłam. – Będziemy już jechać...

Chciał coś powiedzieć, ale widząc, jak przecząco kręcę głową, westchnął i ruszył na parkiet. Daniel uśmiechnął się cwaniacko.

– Uczcijmy minutą ciszy kolegę poległego we friendzonie.

– Zaraz po uczczeniu minutą ciszy zarozumiałego dupka, który myśli, że może mi rozkazywać.

Znów nie powściągnęłam języka.

***

Czułem pulsującą na skroni żyłkę. Jak nazwał ją Radek? Wcielony diabeł? Pasowało jak ulał.

– Nie chcę ci rozkazywać. Po prostu za mną nie łaź. Jedź do domu – powiedziałem obojętnym tonem, mimo że miałem ochotę wyciągnąć ją stąd za włosy, zedrzeć tę cholerną zieloną sukienkę, którą miała na sobie i która odsłaniała dwa razy więcej, niż zasłaniała, i bardzo długo jej rozkazywać...

– A kto ci powiedział, że chcę jechać do domu? – Popatrzyła na mnie złośliwie. – Jadę do Prozaca. Zmieniam klub, bo nie mam ochoty na zabawę w twoim towarzystwie.

Poczułem, jak rośnie mi ciśnienie. Prozac, zadyma, „Szary". Ona i dwie koleżanki, a w charakterze ochrony pizduś w rurkach.

– Nie ma mowy – wycedziłem przez zaciśnięte zęby.

Popatrzyła na mnie i wybuchnęła wesołym chichotem.

– Nie wiem, skąd tyś się urwał, ale nie masz w tej kwestii za wiele do powiedzenia.

Nie miałem zamiaru z nią dyskutować. Zacząłem ciągnąć ją za rękę w stronę wyjścia z klubu. Opierała się jak koza. Nigdy w życiu nie miałem takiej ochoty, by sprać jakiejś dziewczynie tyłek. Poczułem szarpnięcie za ramię. Znów jej kolega. Puściłem Marysię i obróciłem się w jego stronę.

– Słuchaj, Romeo, twoje skłonności do męczeństwa rozczulają nawet moje zatwardziałe serce, ale uprzedzam cię ostatni raz: spierdalaj stąd, zanim wytrę tobą podłogę. – Właśnie straciłem nad sobą panowanie.

Kamil spojrzał w stronę ochrony i przez chwilę nie mógł zrozumieć, czemu tamten wielki facet uśmiecha się do niego z pobłażaniem. Po chwili chyba dodał dwa do dwóch i zrozumiał, że w tym klubie nie było ochroniarza, którego bym nie znał. Z większością znałem się od lat, nowi znali mnie z opowieści. Nie miał najmniejszych szans na jakiekolwiek wsparcie. Chciałem podejść krok bliżej, ale wtedy poczułem jej rękę na ramieniu.

– Uspokójcie się obaj. Kamil, wrócę do domu z Danielem. Nie martw się o mnie.

Popatrzyłem na nią zdumiony, że tak nagle zmieniła stanowisko.

***

Musiałam jakoś zapanować nad sytuacją. Wolałam zrobić to sam na sam. Wyszłam z klubu i odetchnęłam świeżym powietrzem. Daniel nie powiedział ani słowa, tylko znów złapał mnie za łokieć i zdecydowanie ciągnął w stronę samochodu.

– Mogę iść sama. – Starałam się wyrwać. – Przestań mnie szarpać.

Czułam, że to, co mówię, nie robi na nim żadnego wrażenia. Nie raczył nawet tego skomentować. Podszedł do auta, otworzył drzwi i niemal wepchnął mnie na siedzenie pasażera. Nikt nigdy nie traktował mnie w taki sposób. Byłam tak zdumiona, że zamilkłam. Wsiadł za kierownicę i wyjechał z parkingu. Jechał w stronę autostrady. Po dwudziestu minutach wyjechaliśmy na Rybnicką. Pomyślałam, że odwiezie mnie do domu, ale pięć kilometrów przed miejscowością, w której mieszkałam, zjechał w polną drogę. Zatrzymał się w lesie nad małym jeziorkiem, po ujechaniu około kilometra. Kiedy byłam dzieckiem, często przyjeżdżałam tu na rowerze.

– Teraz mnie przelecisz, udusisz i zakopiesz w lesie? – zapytałam, patrząc tępo przez szybę. Zeszła ze mnie cała wojowniczość. Byłam zmęczona, zawiedziona, zła.

– Obawiam się, że najpierw uduszę, a potem przelecę – powiedział Daniel przez zęby i wysiadł z samochodu.

Zapalił papierosa i oparł się o drzwi kierowcy. Również wysiadłam.

– Możesz odwieźć mnie do domu? Czy mam zadzwonić po brata? – zapytałam, patrząc na tył jego głowy ponad dachem auta.

Daniel odwrócił się w moją stronę i parsknął śmiechem.

– Dzwoń, kurwa, nie zapomnij mu też powiedzieć, gdzie byłaś.

Znów poczułam falę złości.

– Co go to obchodzi? A przede wszystkim, co ciebie to obchodzi? Nie jestem twoją żoną. Zaledwie się całowaliśmy. Jeśli robisz takie sceny każdej lasce, z którą byłeś na kilku randkach, to nie wyobrażam sobie... – zaczęłam cwaniacko, ale mi przerwał.

– Wiesz, czyja to dyskoteka?

– Nie i niewiele mnie to obchodzi.

– Komu machałaś na parkiecie?

– Nie wiem. Jakiś fajny koleś patrzył na mnie, więc mu pomachałam.

– Ten „fajny koleś" to „Szary", na którego twój brat od dwóch lat zbiera kwity – powiedział.

Zrobiło mi się słabo.

– Gdybyś mu się przedstawiła, to dopiero mogłoby być interesująco – dodał.

Jezu! To niemożliwe! Nie mogłam wpakować się w coś takiego. Patrzyłam na niego i z przerażeniem stwierdziłam, że kawałki układanki wskakują na swoje miejsce. Obraz bardzo mi się nie spodobał...

– Wiem na pewno, że mój brat nikomu nie opowiada o swojej pracy. Jeśli wiesz, nad kim pracuje, a nie jesteś policjantem, to dlatego, że jesteś po drugiej stronie.

Mimo woli cofnęłam się o krok.

* * *

Jej przerażony wzrok sprawił mi sporą satysfakcję. Nareszcie, kurwa. Udało mi się nią wstrząsnąć. Już myślałem, że nic do niej nie dociera. Ruszyłem w jej stronę.

– Co jest, Marysiu? Nagle zastanawiasz się nad tym, co robisz? Co, wydawało ci się, że jestem ministrantem? – Dopadłem do niej i popchnąłem tak, że oparła się plecami o maskę. – Myślisz, że jesteś nieśmiertelna, co? Udajesz dziwkę w hotelu, szlajasz się po spelunach, prowokujesz gangsterów. Jesteś święcie przekonana, że w razie czego uratuje cię braciszek. Ktoś najwyraźniej musi ci pokazać, jak wygląda prawdziwe życie. – Złapałem ją za kolana i rozszerzyłem nogi, stając między nimi. Zaczęła mnie z całej siły okładać rękami, ale obezwładniłem ją w pięć sekund. Chwyciłem za nadgarstki i zmusiłem, żeby położyła się na masce, przyszpilając jej ręce nad głową.

– Jeżeli, jak twierdzisz, jestem „po drugiej stronie", to chyba masz teraz przejebane, nie? – powiedziałem prosto do jej ucha.

– Zostaw mnie – poprosiła cicho.

– Zostawiłem. – Przesunąłem usta po policzku w kierunku szczęki. – Najwyraźniej nie zrozumiałaś. Teraz rozumiesz?

– Rozumiem – wyszeptała, zaciskając powieki.

Ta kapitulacja, zamiast mnie uspokoić, jeszcze bardziej mnie wkurwiła. Teraz pozuje na skrzywdzoną niewinność.

– Rozumiem – przedrzeźniłem jej głos. – A może teraz już za późno, kotku? Teraz jesteś w lesie z obcym facetem, o którym masz najwyraźniej nie najlepsze zdanie. Skoro uważasz, że jestem bandytą, to czym miałbym się przejmować? – Zacząłem ją całować.

Z całej siły ugryzła mnie w wargę.

***

– Kurwa mać! – wysyczał Daniel i odsunął się ode mnie. Spróbowałam wykorzystać ten moment, żeby wstać, ale nadal mocno mnie trzymał.

– Marysiu, na pewno chcesz to zrobić na ostro?

Patrzył na mnie wściekłym wzrokiem. Miał tak rozszerzone źrenice, że prawie nie było widać jasnoniebieskich tęczówek. Złapał mnie za szczękę w taki sposób, że nie mogłam go ugryźć i pocałował jeszcze raz. Uświadomiłam sobie, że rzeczywiście go nie znam. Zacisnęłam powieki, ale mimo to poczułam, jak po policzkach spływają mi łzy. Jak mogłam się tak co do niego pomylić?

– Daniel… – powiedziałam cicho, kiedy poczułam jego usta na szyi i rękę na udzie.

Pociągnęłam nosem, starając się pohamować płacz, ale na wiele się to nie zdało. Popatrzył na mnie i zrozumiał, w jakim jestem stanie. Puścił moje ręce i oparł się obiema dłońmi na masce. Potem kciukiem starł mi z policzka łzy i oparł swoje czoło o moje.

– Nie ruszaj się – wysyczał, starając się opanować.

Nawet nie drgnęłam. Po kilkunastu sekundach się podniósł. Odszedł od samochodu i znów zapalił papierosa. Wstałam z maski auta, poprawiłam sukienkę i otarłam oczy.

Powoli ruszyłam ciemną ścieżką w stronę drogi.

***

Kiedy tylko udało mi się opanować, wsiadłem do samochodu. Podjechałem do idącej ścieżką Marysi i otworzyłem okno.

– Wsiadaj.

– Spierdalaj.

– Maria! – Przejechałem ręką po twarzy. – Wsiadaj do auta. Odwiozę cię do domu i więcej się nie spotkamy. No chodź.

Dalej szła przed siebie. Nagle zobaczyłem błysk świateł samochodowych. Marysia przystanęła. Na bocznej ścieżce zaparkowana była beta trójka. Kurwa mać. Nie gasząc silnika, wysiadłem z auta i wepchnąłem ją na fotel kierowcy.

– Cześć, „Siwy" – dobiegł mnie głos sprzed bmw. Stał przed nim były mistrz Śląska w boksie. Najwyraźniej pozbierał się przez ostatni miesiąc. W ręce trzymał kij baseballowy. Dam radę, pomyślałem, zamykając drzwi. Wtedy zobaczyłem, jak w krąg światła wchodzi jeszcze trzech. Nie dam rady, dotarło do mnie.

– Jedź stąd, Marysia – powiedziałem przez okno.

– Ale, Daniel... – Patrzyła z przerażeniem na czterech kolesi. Jeden z nich chyba wyczuł, co mam zamiar zrobić, bo szybko wsiadł do auta. Zaraz zagrodzi jej drogę i wtedy dopiero będzie przejebane.

– Raz w życiu zrób, kurwa, to, co ci każę. Jedź – wysyczałem.

Na szczęście mnie posłuchała.

Zaczęli się do mnie zbliżać. Będzie bolało, zdążyłem pomyśleć, zanim dostałem pierwszy strzał.

* * *

– Łukasz, musisz mi pomóc – płakałam do telefonu. Wyjechałam z leśnej drogi i zaparkowałam na Rybnickiej, włączając awaryjne.

– Co się dzieje? – Jego głos brzmiał tak, jakbym go obudziła.

– Łukasz, oni go zabiją. Ich jest czterech, a on sam, i jeszcze mi kazał stamtąd jechać! – bełkotałam przez łzy. – To moja wina, bo niepotrzebnie za nim polazłam.

– Uspokój się. Gdzie jesteś? – starał się wydusić ze mnie jakiekolwiek informacje.

– Na Rybnickiej. Koło tego zjazdu nad jezioro, gdzie tata łowi żywce na przynętę. Nie mogę jechać, jestem kompletnie zalana.

– Dobra. Słuchaj, będę najszybciej, jak się da, ale szybciej powinien tam być Radek, bo chyba słusznie się domyślam, przez kogo masz te kłopoty. Zamknij się w aucie i nie ruszaj się stamtąd.

Rozłączył się.

Dziesięć minut później, które wydawały mi się całym życiem, usłyszałam dźwięk syreny policyjnej. W nocnej ciszy brzmiał przerażająco. Najwyraźniej usłyszeli go też w lesie, bo bmw wyjechało z polnej ścieżki i z piskiem opon ruszyło w stronę Rybnika. Zawróciłam samochód i pojechałam z powrotem do lasu. Daniel leżał na środku drogi. Wypadłam z samochodu i błyskawicznie do niego podbiegłam. Wyglądał koszmarnie, ale żył. Oddychał. Usiadłam na ziemi i oparłam sobie jego głowę o kolana.

– Przepraszam cię, Daniel, słyszysz? – szeptałam do niego, dalej płacząc.

Nie mogłam na niego patrzeć, wyglądał, jakby się zderzył z czołgiem.

Jęknął głośno i otworzył oczy.

– Za co ty mnie przepraszasz? – wydusił między napadami kaszlu. Z ust leciała mu krew.

– To wszystko moja wina! – beczałam dalej. – Polazłam tam specjalnie! Gdybyś mnie nie odwiózł, nic by się nie stało. Przepraszam…

– Ryś, nie świruj. To ja cię przepraszam, zachowałem się jak chuj. Ale, jak widzisz, nie pasujesz do tego towarzystwa – powiedział i znów splunął krwią.

– Ty też nie. – Delikatnie głaskałam go po obitej głowie. – Jak się pozbierasz, to cię z niego wyciągnę, dobrze? – Uśmiechnęłam się przez łzy.

– Dobrze, Ryś – powiedział i stracił przytomność.

6 maja 2017 roku

– Masz mi coś do powiedzenia? – Łukasz wszedł za mną do domu.

– Nie.

– Marysia, dlaczego mi nie mówisz o takich rzeczach?

– Bo to nie twoja sprawa?

– Nie moja? To, kurwa, czyja?

– Łukasz, pokłóciłam się z mężem i mnie za mocno szarpnął za rękę. Nie ma tragedii. Ty się z Kingą nie kłócisz? Wiesz, że oni są przewrażliwieni.

Machnęłam ręką w kierunku braci Wyrwa, którzy rozmawiali na tarasie.

– Nie wiem, jak to zrobisz, ale nie chcę go więcej widzieć na oczy. Inaczej to ja się z nim pokłócę i za mocno go szarpnę, a tego może nie przeżyć.

– Nie pokaże się tu przez tydzień. Zgrywa chojraka, ale boi się Daniela jak ognia. Powiedz mi lepiej, co masz zamiar zrobić z tą lalką? Daniel myśli, że to jego wina, ale ta sukienka zniknęła w styczniu.

– Nie ma w ogóle o czym gadać. Nie możesz zostawiać teraz małej u matki, bo nie mam pojęcia, o co tu chodzi. Kinga da ci urlop, a ja ogarnę jakieś miejsce, gdzie przeczekacie, aż się dowiem, co tu jest grane.

– Nie ma mowy. Ta sprawa, o której mówiła Kinga, jest ważna. Nie mogę nigdzie wyjeżdżać. Nie będę siedzieć na tyłku i czekać, aż coś wymyślicie. Nie dam się zastraszyć.

– W to nie wątpię, ale masz małe dziecko. Musisz myśleć o niej.

– Myślę o niej. Co jeśli chodzi o mnie? W styczniu niewiele osób na tym świecie wiedziało, że Daniel jest jej ojcem. Ile potrzebujesz czasu?

– Nie wiem. Dwa tygodnie.

– Na dwa tygodnie wyślę ją z dziadkami nad morze. Ciocia Wanda ma mały domek wczasowy niedaleko Gdańska, będzie idealny. Jeśli nic nie wymyślisz przez ten czas, to zrobimy to po twojemu, dobrze?

– Nie – usłyszałam głos Daniela.

* * *

Znów zaczyna kombinować. Jeszcze nigdy jej pomysły nie skończyły się dobrze. Żeby nie szukać daleko, najbardziej nie wypalił plan nawrócenia mnie na dobrą drogę.

– Pakujesz siebie i Ninę i jedziesz tam, gdzie wyśle cię „Zimny".

Odwróciła się do mnie.

– Bo co?

– Bo ci pomogę...

– Marysiu, ta sprawa nie jest warta tego, żebyś ryzykowała – wszedł mi w słowo „Zimny".

– Nie chodzi tylko o sprawę. Muszę poukładać parę rzeczy. Z Kamilem też. Nie chcę, żeby Nina na to patrzyła.

Ogarnęła mnie wściekłość.

– Co ty chcesz z nim układać?

– Zapominasz, kto jest jej ojcem w papierach? Jeśli się z nim nie dogadam, to spróbuje grać dzieckiem.

Uśmiechnąłem się lodowato.

– Niech spróbuje.

– Jasne, kurwa. Wszystkie problemy w swoim życiu rozwiązujesz pięściami, ale niektórych tak się nie da.

– Czemu nie? – Podszedłem krok bliżej. – Ty wszystkie rozwiązujesz przez swoje zajebiste pomysły. Gdzie przez to teraz jesteśmy?

– Przez to? – Patrzyła na mnie z wściekłością. – A nie przez to, że rozpuszczałeś narkotyki w soku?

– „Zimny", chodź na chwilę! – zawołał Radek.

Łukasz wyszedł. Bardzo dobrze. Chyba musieliśmy sobie jedną kwestię wytłumaczyć w cztery oczy.

– Byłem idiotą, ty za to byłaś bardzo mądra, wychodząc za mąż trzy miesiące po moim wyjeździe.

– Wyjeździe? Kurwa, mówisz, jakby to były wakacje, a nie odwyk.

– Wszyscy wiemy, że to był odwyk. Co nie przeszkodziło ci w trybie natychmiastowym znaleźć pocieszenia, nie? – Uderzyła mnie w twarz. Nawet nie drgnąłem. – A taka byłaś we mnie zakochana, prawda, Marysiu? Całe życie na mnie czekałaś, bla, bla, bla. Pamiętam te teksty. Nawet przez sekundę w to wierzyłem. A ty? Trzy miesiące. Nie mogłaś, kurwa, wytrzymać trzech pierdolonych miesięcy. – Kiedy już zacząłem, to nie mogłem skończyć. Wiedziałem, że to kiedyś nastąpi.

– Prawie zabiłeś nasze dziecko.

– Wiem, kurwa. O niczym innym nie myślę od prawie dwóch lat! Straciłem nad tym kontrolę. Czy to była tylko moja wina?

Patrzyła na mnie wybałuszonymi oczami.

– A co, moja?

– Nie zastanawiało cię, skąd mam kasę? Nie mów mi, że nie wiedziałaś, bo zostawiałem wszędzie miliony znaków. Doskonale wiedziałaś, że ciągle nie ma mnie w domu, ale wciągnęła cię opcja układania naszego życia na takim poziomie, na jakim to nie było możliwe. Dom, kurwa. A ja miałem zamiar spełniać wszystkie twoje zachcianki.

Przeszyła mnie wściekłym spojrzeniem.

– Teraz mi wypominasz dom?

– Co ci robię? Kurwa, nie powiedziałem na ten temat ani słowa. Mimo że dobrze wiesz, że ja na niego zarobiłem. Pięściami, o których dziś wspomniałaś. A ty byłaś na tyle miła, by w nim zamieszkać ze swoim mężem. Fajnie, że okazał się godzien.

* * *

Właśnie powiedział coś, o czym od zawsze podświadomie wiedziałam. Byłam rozkapryszoną gówniarą i wszystko musiało być po mojej myśli. Byłam w ciąży, babcia przepisała na mnie działkę i chciałam, żebyśmy mieli dom. Poukładane życie, jak z obrazka. Tak bardzo tego pragnęłam, że zignorowałam to, w jakim on był wtedy momencie… Nie obchodziło mnie też, skąd bierze na to pieniądze.

– Oddam ci wszystko co do grosza – powiedziałam cicho, spuszczając głowę.

Złapał mnie za brodę i szarpnął w górę. Teraz wkurwił się naprawdę.

– Pojebało cię? Nie chcę od ciebie żadnych pieniędzy.

– To czego ode mnie chcesz?

– Chcę, żebyś rozwiodła się z tym pieprzonym pajacem.

– I co dalej?

– Dalej się zobaczy.

Przyciągnął mnie do siebie, a ja instynktownie się w niego wtuliłam.

Boże, ależ za tym tęskniłam.

***

– Ekhm – chrząknął Radek, a Marysia od razu się ode mnie odsunęła.

Odwróciłem się. Mój brat i Łukasz stali w drzwiach prowadzących na taras.

– Co?

– Mamy lokalizację tego telefonu. Karta jest nieaktywna, ale po IMEI widać, że telefon bardzo często loguje się w pobliżu twojej szkoły.

Zdębiałem.

– Co takiego?

– Masz go u siebie. Teraz trzeba go wytypować. – Radek usiadł w fotelu. – Maryśka, przestań się na mnie dąsać.

– Nie dąsam się, po prostu mnie wkurwiasz... – zaczęła, ale wtedy z drugiego pokoju dobiegł płacz Niny.

Maria machnęła ręką i poszła w tamtą stronę.

– No i co? – Radek patrzył teraz na mnie. – Przekonałeś ją, żeby pojechała?

– Nie.

– Mogę ją zmusić. – „Zimny" palił fajkę w drzwiach. – Martwi mnie tylko to, co powiedziała o styczniu. Jeśli rzeczywiście chodzi o nią, to nawet jeśli ją gdzieś wywiozę, problem wróci wraz z nią. Jakie masz plany na najbliższe dwa tygodnie? – zapytał Radka.

– Ciężka praca za psie pieniądze.

– To ja je zmieniam. Jedziecie na urlop. Weź Zuzę. Ona lubi dzieci, nie?

– Lubi – odparł Radek. – Mam niejasne przeczucie, że jak zostawię was samych, to nie będzie co zbierać.

– Nie wyślę z Niną samych rodziców. Za duże ryzyko, więc będziemy musieli dać sobie radę bez ciebie. Gdyby Marysia zgodziła się pojechać, i tak kazałbym ci jej towarzyszyć.

– A teraz zostawisz ją tu samą? Czy z mężem? – zapytałem złośliwie.

Kurwa, całe życie spełniał wszystkie jej zachcianki. Gdyby to ode mnie zależało, zapakowałbym ją do auta i wywiózł, nawet gdyby kopała i gryzła. Z pewnością właśnie tak by się zachowywała.

– Z tobą. Masz, kurwa, jedną, jedyną i niepowtarzalną okazję do rehabilitacji. Na twoim miejscu bym jej nie spierdolił. Powiem ci jedno, Daniel, jeśli tym razem zawiedziesz, to nic ci już nie pomoże.

Maria weszła do pokoju, trzymając Ninę na rękach.

– Co jest? – Popatrzyła na moją wściekłą twarz.

– Pakuj ją.

– Mówiłam ci, że nigdzie nie jadę.

– Nina jedzie jutro z rodzicami. – „Zimny" podszedł do Marysi. – A ty masz jedno, kurwa, zadanie, musisz się go słuchać. – Wskazał na mnie ręką. – Wytniesz jeden numer, młoda, i wysyłam cię do nich. Nie żartuję. Chodź, Wyrwa, musimy to jakoś sensownie zaplanować, a wy sobie to jakoś ustalcie. Przy okazji spróbujcie się nie pozabijać.

6 kwietnia 2014 roku

Zobaczyłam błyskające koguty radiowozu. Nareszcie! Po chwili podbiegł do nas Radek.

– Pierdolony idiota! – wysyczał, patrząc na Daniela, ale w jego oczach widziałam strach. – Co tu się stało?

– Było ich czterech. Nie miał szans. Kazał mi stąd jechać – tłumaczyłam chaotycznie, ani na sekundę nie przestając głaskać Daniela po głowie. Nawet sobie nie uświadamiałam, że cała jestem ubrudzona krwią…

– A ty co z nim robiłaś o tej porze w lesie? Szukaliście kwiatu paproci? Brat ci nie mówił, że Daniel to nie jest towarzystwo dla ciebie?

Poczułam ogarniającą mnie furię.

– Nie wnikam w wasze układy, ale nie mów tak o nim w mojej obecności. Kurwa, perfekcyjne z was rodzeństwo – wycedziłam z wściekłością. – Ciekawe, jak on ma być normalny, skoro non stop go za coś gnoisz?

– Radek ma nieco racji... – wymamrotał Daniel, otwierając oczy.

Policjant wyszedł z radiowozu.

– Karetka będzie za dziesięć minut – powiedział do Radka.

Daniel starał się podnieść, ale mu nie pozwoliłam.

– Nic mi nie jest.

– Co się stało?

Tym razem Radek zapytał bezpośrednio Daniela.

– Zaatakował mnie łoś – wystękał.

Popatrzyłam mu w oczy.

– Co ty bredzisz?

Radek zapalił papierosa.

– Udowadnia po raz kolejny, że kiedy w niebie rozdawali mózgi, on stał w kolejce po anielską facjatę.

***

Wszystko mnie bolało. Nie pamiętałem, kiedy ostatnio dostałem taki wpierdol. Wiedziałem, że mam złamane co najmniej dwa żebra. Z pewnością wstrząśnienie mózgu. Co chwilę odzyskiwałem i znów traciłem przytomność. Marysia, Radek, karetka... Potem izba przyjęć. Kiedy kolejny raz odzyskałem przytomność, leżałem już w szpitalnym łóżku. Na napierdalającej mnie wciąż głowie miałem gruby bandaż. O moją rękę oparta była jasna głowa Marysi.

– Ryś – powiedziałem ochryple. W gardle Sahara. Uniosła nieprzytomny wzrok. Nadal miała na sobie zieloną sukienkę. Na policzku rozmazał jej się tusz do rzęs. Mimo to wyglądała ślicznie. Wstała i podała mi wodę.

– Jak się czujesz?

– Dobrze.

– Akurat. Nie zgrywaj kozaka. Masz połamane żebra, wstrząśnienie mózgu, wiesz, ile założyli ci szwów?

– Nie wiem. – Uśmiechnąłem się. Była taka przejęta. Nie pamiętam, kiedy ostatnio ktoś się o mnie martwił. Przesunąłem się lekko, zagryzając zęby z powodu palącego bólu żeber. Poklepałem materac. – Połóż się obok mnie.

– Oszalałeś? Jest przecież piąta rano. To i tak cud, że pozwolili mi przy tobie siedzieć.

– I co nam zrobią? Chodź.

Chciałem podnieść głowę, ale od razu opadła mi na poduszkę. Skrzywiłem się z bólu, a do tego bałem się, że puszczę pawia.

Stuknęły zrzucane szpilki. Po chwili materac ugiął się lekko. Położyła się na boku, przytuliła głowę do mojego ramienia i objęła mnie ręką.

– Już czuję, że zdrowieję – powiedziałem z rozbawieniem, zaciągając się zapachem jej włosów. Sam nie wiem kiedy zasnąłem.

***

– Ja pierdolę, Romeo i Julia! – usłyszałam wściekły głos mojego brata.

Nie otwierałam oczu. Nie chciało mi się z nim konfrontować. Czułam, że Daniel lekko drgnął. Chyba też się obudził.

– Nie wzruszyłem się tak od czasów *Titanica* – powiedział Radek tym swoim cynicznym tonem.

Przybrałam strategię oposa i po prostu udawałam, że nie żyję.

– *Jack... wake up*. – Radek dobrze się bawił, parodiując Kate Winslet.

– Przynieśliście mi pomarańcze? – zapytał cicho Daniel.

Chyba myślał, że śpię, i nie chciał mnie obudzić.

– Nic ci nie przyniosłem. Najchętniej przypierdoliłbym ci na dokładkę – powiedział Łukasz, stając bliżej łóżka. – Kto cię tak urządził?

– Nikt – powiedział Daniel twardo.

– Słuchaj, coś mogło się stać Marysi, więc...

– Marysia była tam przypadkiem.

– Przypadkiem była z tobą w lesie?

– Tak, kompletnym.

– Daniel, powiem to tylko raz: odpieprz się od mojej siostry, bo...

Nie wytrzymałam. Zerwałam się z łóżka. Usłyszałam syk Daniela, którego niechcący szturchnęłam w bok.

– Daniel był tam przeze mnie, bo polazłam za nim do Dekadencji, a potem mnie odwoził do domu i chciał ze mną pogadać.

Łukasz rzucił mi wściekłe spojrzenie.

– Pojebało cię? Co robiłaś w tej spelunie?

– To, co ci mówię. Poszłam tam, bo wiedziałam, że Daniel tam będzie.

– Ryś, zamknij się. Poradzę sobie – dobiegł mnie głos z łóżka.

– Nie! – warknęłam. – Nie zamknę się. Powiem więcej – znów spojrzałam na Łukasza – będę nadal za nim chodziła, nawet jak mi powie, że mam spierdalać. A jak tylko go stąd wypuszczą, to będę się nim zajmować. Możecie się wszyscy ode mnie, a zwłaszcza od niego, odpier...

– Ryś – przerwał mi ze śmiechem Daniel. – Wyrażaj się, gówniaro. Łukasz... Pogadamy o tym, jak wyjdę, dobra?

– O niczym nie będziecie gadać za moimi plecami. – Znów ogarnęła mnie furia. – A teraz idziemy stąd, o ósmej jest obchód i nie chcę, żebyście przeszkadzali lekarzom.

Moje słowa musiały brzmieć przekonująco, bo Łukasz i Radek wymienili spojrzenia i bez słowa wyszli z sali.

– Potem tu wrócę.

Pocałowałam Daniela w policzek i poszłam za nimi.

***

– Pacjent lat trzydzieści trzy, przywieziony z urazem głowy i klatki piersiowej dokonanym tępym narzędziem. W momencie przywiezienia przytomny, stabilny, świadomy, lekko pobudzony. W przedmiotowym badaniu neurologicznym wynik badania w kierunku krwawienia podpajęczynówkowego ujemny: brak napadów padaczkowych, splątania, objawów oponowych; potwierdzony w wykonanym MRI. W związku z podaną w wywiadzie krótkotrwałą utratą przytomności oraz występującymi bólami głowy, zawrotami, nudnościami, sporadycznymi wymiotami oraz bradykardią i zaburzeniami oddechu możliwe, że zależnymi od urazu klatki. Hospitalizowany w związku ze stwierdzonym wstrząśnieniem mózgu. Monitorowany. Podano ketonal, metoklopramid i jednorazowo haloperidol. Zlecono konsultację torakochirurgiczną – pacjent ze złamaniem czwartego, piątego i szóstego żebra, opłucnowo czysty, bez wysięku. Założono elastyczny opatrunek, zwiększono dawkę leków przeciwbólowych oraz dodano leki przeciwkaszlowe. Zalecono bezwzględny odpoczynek, najlepiej w pozycji leżącej, i poinformowano pacjenta o ewentualnych konsekwencjach niestosowania się do zaleceń – relacjonował lekarz swoim kolegom spokojnym tonem.

– Panie doktorze, kiedy będę mógł wrócić do pracy?

– A co pan w niej robi?

– Skaczę ze spadochronem.

– Najkrócej sześć tygodni.

– A inne aktywności?

Lekarz podążył spojrzeniem za moim i ujrzał Marysię, która właśnie stanęła w drzwiach. Roześmiał się głośno.

– Minimum dwa tygodnie.

6–8 maja 2017 roku

– Albo ja wprowadzam się tu, albo ty idziesz do mnie na te dwa tygodnie. Trzeciej opcji nie ma.

Za długo go znałam, by nie wiedzieć, że dla niego dyskusja właśnie się skończyła. Kiedyś pewnie bym odpuściła, ale to było kiedyś...

– Wiesz, że jak się tak naburmuszasz, to robią ci się zmarszczki na czole?– zapytałam ze słodkim uśmiechem.

– Maria, nie prowokuj mnie.

Wodził za mną wzrokiem. Całkiem spokojnie. Ja, dla odmiany, nie mogłam przestać chodzić po pokoju. Nie wiedziałam, co mam zrobić. Z jednej strony, niby miał rację. Z drugiej – wiedziałam, przeczuwałam, jak skończą się te dwa tygodnie. Poryję sobie psychikę, pewnie znów się zakocham. Nie będę powielać swoich licznych błędów.

– Nie mam zamiaru cię prowokować, ale nie potrzebuję niańki. Gdyby działo się coś niepokojącego, to zadzwonię albo przyjadę.

– Słyszałaś, co mówił twój brat?

– Tak, ale mam na to wy… smerfowane.

Powstrzymałam się, widząc, że Nina odwróciła głowę od telewizora i popatrzyła na mnie. Uśmiechnęłam się do niej, żeby ją uspokoić, i podeszłam bliżej Daniela.

– Pogadamy o tym kiedy indziej. Zwijaj się. Muszę spakować małą i zawieźć ją do matki.

– Nie mamy o czym gadać. Jadę pozałatwiać swoje sprawy. Wieczorem tu przyjadę.

– Rozumiesz, co w ogóle do ciebie mówię? Nie masz tu czego szukać. Jeśli przyjedziesz wieczorem, to i tak pocałujesz klamkę.

– Jesteś nieodpowiedzialną idiotką, jeśli myślisz… – zaczął, ale weszłam mu w słowo:

– Byłam nieodpowiedzialną idiotką, kiedy myślałam, że mamy jakąś przyszłość…

Popatrzył na mnie zmrużonymi oczami i chciał mi odpowiedzieć, ale najwyraźniej sobie odpuścił. Podszedł do Niny, ucałował ją i uściskał, a potem bez słowa wyszedł.

* * *

Wsiadłem na motocykl i spokojnie włożyłem kask. Potem odpaliłem silnik. Nadal spokojnie. Niech się trochę nagrzeje. Mimo że byłem wściekły jak cholera, starałem się nad tym panować choć w minimalnym zakresie. Adrenalina nie wyłączała u mnie ostrożności. Wyszkolili mnie do tego w wojsku, ale chyba zawsze to w sobie miałem. A Irak doprowadził tę umiejętność na *expert level.* Musiałem spokojnie pomyśleć, ale to potem... Najpierw potrzebowałem się wyżyć. Pojadę pojeździć konno, a potem wyrwę jakąś głupią dupę z Tindera i ostro się zabawię. Wieczorem zjawię się u Marysi i wytłumaczę jej, jak będziemy funkcjonować przez następne dwa tygodnie.

* * *

Spakowałam Ninę i zawiozłam ją do rodziców. Na szczęście Łukasz był tam przede mną, więc nie musiałam im nic tłumaczyć. Pożegnałam się z córką tak, jakbym wychodziła tylko na chwilkę. Nie chciałam, żeby zorientowała się, że zostaje u dziadków na dłużej. Rozpłakałam się dopiero w samochodzie. Pojechałam do domu, ale nie umiałam sobie w nim znaleźć miejsca. W końcu około siódmej wieczorem uznałam, że muszę z nim pogadać. Nie zostawiając sobie chwili do namysłu, wsiadłam do auta i pojechałam na ulicę Odrowążów w Sośnicy. Dobre i to, że już nie mieszkał w swojej szkole, ale i tak nie umiał wyrwać się z tej cholernej dzielnicy. Weszłam na klatkę schodową za jakimś facetem, który wracał ze spaceru z psem, i pobiegłam prosto na drugie piętro. Załomotałam w drzwi.

– Daniel!

Otworzył po chwili. Był w samych spodniach. Przełknęłam ślinę. Jak można tak dobrze wyglądać bez koszulki?

– Co jest?

Jego spojrzenie od razu nabrało czujności. Chyba się mnie nie spodziewał.

– Ja się po prostu boję… Wydawało mi się, że coś słyszę w domu. Chyba przekozaczyłam z tą odwagą – skłamałam bezczelnie i bez zaproszenia wpakowałam się do środka. – Przyjechałam, bo… ja tego nie ogarniam.

Usiadłam na kanapie.

– „Siwy"… – Usłyszałam słodki głos za plecami i odwróciłam się, kompletnie zaskoczona.

Z łazienki wyszła seksowna brunetka w samej bieliźnie. Zacisnęłam zęby. Kurwa mać! No tak. Czemu miałby być sam? Jego strój i to, że nie zaprosił mnie do środka, powinno dać mi do myślenia.

Wstałam i nie patrząc Danielowi w oczy, powiedziałam:

– Widzę, że ci przeszkadzam.

Ruszyłam w stronę drzwi. Złapał mnie wpół i zatrzymał, mimo iż starałam się wyrwać. Kompletnie ignorował moje wysiłki. Równie dobrze mogłabym kopać się z koniem...

– Ty zostajesz – powiedział mi do ucha. A ty... – Spojrzał na brunetkę. – A ty wyjazd.

Mimo że uznałam, że jest chamem tysiąclecia, to poczułam także brudną i dziką satysfakcję.

– Ale... – zaczęła brunetka.

– Żadnego ale – powiedział takim tonem, że zaczęło mi się robić żal małolaty.

Stałam wtulona w niego i nie odzywałam się. Po trzech minutach usłyszałam dźwięk zamykających się za nią drzwi. Dopiero wtedy wróciłam do równowagi.

– Widzę, że szalenie za mną tęsknisz. – Wyrwałam się z jego uścisku.

Podniósł brwi i popatrzył na mnie ironicznie.

– Pani Hoffmańska... – rzucił z maksymalną szyderą. – Mężatce chyba nie wypada robić mi wyrzutów.

Odwróciłam się w stronę łóżka i zamarłam na widok tego, co leżało na nocnym stoliku.

– Czy to jest bat? Od kiedy zabawiasz się w ten sposób? – zapytałam autentycznie zdziwiona.

– Od zawsze. Dla ciebie robiłem wyjątek.

Wytrzeszczyłam oczy.

– O czym ty mówisz?

– Jezu! Maryśka, nie czepiaj się szczegółów. Z tobą bym tego nie robił, więc…

– Czemu ze mną byś tego nie robił? – zapytałam, zanim zdążyłam się zastanowić, jak to zabrzmiało.

– Nie twój styl.

– Skąd wiesz?

– Bo cię znam. Zgrywasz chojraka, ale tak naprawdę jesteś romantyczna i miękka jak wielkanocny króliczek.

***

Gryzłem wargi, żeby się nie roześmiać. To nie był bat, tylko szpicruta. Leżała na nocnym stoliku tylko dlatego, że dziś położyłem ją tam, kiedy wróciłem z jazdy konnej. Odkąd nie ćpałem, imałem się wszelkich możliwych aktywności, by zapewnić sobie dopływ adrenaliny. To nie było nadal to, ale lepszego pomysłu nie miałem. Konie spodobały mi się dlatego, że nad niektórymi naprawdę nie było łatwo zapanować. Oczywiście wybierałem tylko takie. Narowiste i rozpuszczone. Przy nich, niestety, palcat był absolutnie niezbędny. Nieraz już leciałem na pysk nad końskim łbem i nauczyłem się, że z tymi zwierzętami nie ma żartów. Muszą czuć silną i zdecydowaną rękę. To był najwyraźniej błąd, który popełniłem przed laty w wypadku Marysi. Pozwalałem jej na zbyt wiele.

– Króliczek? Pojebało ci się pod deklem?

Zielone oczy zabłysły złością.

– Przeklnij jeszcze raz, a tym dostaniesz – powiedziałem pewnym siebie głosem, biorąc do ręki szpicrutę i leniwie stukając nią o swoją nogę.

Uśmiechnęła się bezczelnie.

– Podobno nie popierasz bicia kobiet?

Wcale się mnie nie bała.

– Nie popieram. Poza łóżkiem.

– Taaak? – przeciągnęła celowo, a ja od razu zrozumiałem, po co tu dziś przyszła. Mimo że nie chciałem przywiązywać jej do siebie przez łóżko, tylko przez dom, rodzinę i nasze dziecko, wiedziałem, że sobie nie daruję.

– Chcesz sprawdzić?

Doskoczyłem do niej, złapałem za koński ogon, przyciągnąłem i mocno pocałowałem. Chwilę się wyrywała, ale czułem, że mięknie… Jak zawsze przy mnie.

***

Nie miałam pojęcia, czemu go prowokuję. To był mój pierwszy facet. Doskonale wiedziałam, że kiedy tylko się za mnie zabierze, nie będę miała sił, by mu się oprzeć, ale ten bat bardzo mnie zaciekawił. Nigdy nie narzekałam na seks z Danielem, a odkąd miałam porównanie, wspominałam go z jeszcze większym sentymentem. Jednak cały czas czułam, że się przy mnie hamował. Nareszcie miałam okazję zobaczyć, jak to jest, kiedy się nie powstrzymuje. Obrócił mnie tyłem do siebie i popchnął w stronę wielkiego lustra wiszącego na ścianie.

– Zawsze cię ostrzegałem, że twoje cwaniaczenie odbije ci się czkawką – usłyszałam za plecami.

Podniosłam wzrok i w tafli lustra zobaczyłam niebieskie oczy i krzywy uśmiech.

– Daniel. Zapomnij. Nie wchodzi się dwa razy do tej samej rzeki. Nie podniecasz mnie – skłamałam tak kiepsko, że niemal sama się roześmiałam.

– Jasna sprawa, ale pozwolisz, że nie uwierzę ci na słowo? – zapytał, wciskając mi rękę pod spódnicę. – Brzydko kłamiesz – szepnął sekundę później.

Wkurzał mnie tą pewnością siebie.

– Myślałam właśnie o koledze z pracy.

Widziałam w lustrze, że powstrzymuje śmiech.

– Ehe. Dobrze wiedzieć.

Jedną rękę położył mi na biodrze, drugą podniósł powoli. Przełknęłam ślinę, widząc to czarne cholerstwo. Hm, może jednak było we mnie coś z króliczka?

– Nie wiem, czy to najlepszy pomysł – powiedziałam z powagą.

– Może jednak nie będzie potrzeby.

Opuścił rękę, delektując się moją miną. Mój wzrok powędrował w dół na odłożony na półkę bat. Zdecydowanym ruchem ręki złapał mnie za podbródek i obrócił moją twarz z powrotem w stronę lustra.

– Patrz w przód – usłyszałam.

Rozerwał mi bieliznę.

* * *

Wszedłem w nią powoli. Kurwa, ależ za tym tęskniłem. Jedną ręką odsunąłem na bok jej włosy i zacząłem lizać ją po karku, co chwilę lekko przygryzając. Głowa opadła jej do tyłu, opierając się o mój bark. Oparłem lewą rękę o jej rękę, drugą złapałem za biodro i zacząłem ruszać się szybciej. Widziałem, że obserwuje mnie w lustrze, jednocześnie czuje, co jej robię, i kompletnie odpływa. – Chcę przodem – wyjęczała nagle. Wyrwała się i oparła o lustro. Patrzyła przy tym na mnie prowokująco. Skoro tak chcesz się bawić, zgoda pomyślałem i przybrałem groźniejszą minę. Obróciła się w moją stronę, a ja wziąłem do ręki palcat i skinąłem nim w stronę łóżka.

– Ruchy – powiedziałem cwaniacko, patrząc na jej nagle niezdecydowaną minę. – Przeliterować ci to? – dodałem dla większego efektu.

Podeszła do łóżka i uklękła na nim, wypinając w moją stronę swój boski tyłek. Wredny diabeł, doskonale wiedziała, że mnie to ruszy. Podszedłem do niej powoli.

***

W co ja się wpakowałam? – pomyślałam. Chyba niepotrzebnie go prowokowałam, ale przecież to Daniel. Nie zrobi mi krzywdy… chyba.

– Chciałaś przodem, nie?

Poczułam, że mnie odwraca, kładzie sobie moje nogi na barkach i zaczyna mnie bardzo ostro posuwać. Uwielbiam tę pozycję. Głowa zwisała mi z oparcia kanapy, czułam jego ruchy w środku, to było jak tornado. Doszłam, jęcząc głośno. Przez chwilę zapomniałam nawet o tym czarnym skórzanym cholerstwie, ale Daniel nie zapomniał. Nadal był twardy, ale przestał się poruszać. Otworzyłam nieprzytomne oczy, kiedy znów mnie obrócił. Ledwo mogłam utrzymać się na drżących kolanach.

– Mario, powiedz mi, proszę... – powiedział bardzo spokojnym tonem, niepasującym do tej chwili. Do twardego kutasa przesuwającego się między moimi pośladkami. – Po co mnie prowokujesz?

– Bo nic mi nie zrobisz – zaryzykowałam i od razu dostałam klapsa w tyłek.

– Tak?

– Daniel... tęskniłam za tobą. Wiesz, jak mi dobrze było?

Starałam się go jakoś ugłaskać, bo czułam, że przegięłam.

– To teraz będzie mnie – powiedział i usłyszałam świst.

– Ała! – wydarłam się, zanim uświadomiłam sobie, że nie uderzył tym mnie, tylko strzelił w łóżko.

– Głupol.

Roześmiał się. Odwrócił mnie tak, że usiadłam na nim. Mimo woli zaczęłam też się śmiać, po chwili śmiech zmienił się w jęk, kiedy uniósł mnie i kolejny raz się we mnie wbił.

***

Wsłuchiwałem się w jej uspokajający się powoli oddech. Tak dobrze nie było nigdy wcześniej. Uświadomiłem sobie, że zawsze traktowałem ją jak porcelanową lalkę. Najwyraźniej była to ze wszech miar zła taktyka.

– Naprawdę bijesz tym dziewczyny? – wymruczała mi do ucha, przejeżdżając paznokciami po moich ramionach.

– Nie, ale chyba zacznę. – Roześmiałem się i potargałem jej włosy. – Poważnie słyszałaś coś w domu, czy przyjechałaś tu w ściśle określonym celu, który właśnie zrealizowaliśmy?

Podniosła na mnie oczy i zobaczyłem w nich wyrzuty sumienia.

– Nic nie słyszałam. Chciałam z tobą porozmawiać.

– Porozmawiane.

Wstałem z łóżka, podszedłem do lodówki i wyjąłem z niej dwa piwa. Otworzyłem jedno o drugie i podałem jej. Swoje otworzyłem o ramę łóżka i położyłem się obok niej.

– Imponujące. Otwieracza nie masz?

Marysia uśmiechnęła się, przełykając piwo.

– Najlepsze, czego uczą w dzieciństwie w mojej dzielnicy. – Puściłem do niej oko, po czym spoważniałem. – Ryś, ta cała sytuacja jest popieprzona. Nie mam pojęcia, co się dzieje, ale mam złe przeczucia. Powiedz mi, kto może mieć do ciebie jakiś problem? Potem pomyślimy nade mną. Wytłumacz mi też dokładnie, jak zamierzasz rozegrać sprawę ze swoim mężem.

* * *

Otworzyłam oczy i od razu zorientowałam się, że jestem w łóżku sama. Wzięłam do ręki telefon i odczytałam SMS-a od Daniela: „Idę do pracy. Zdzwonimy się koło 20. Uważaj na siebie". Kolejna wiadomość była od mamy: „Wyruszyliśmy. Dam znać, kiedy dotrzemy na miejsce". Do tego załączyła zdjęcie uśmiechniętej Niny w foteliku samochodowym. Znów poczułam ogromny, paraliżujący strach. Niestety nie doszliśmy wczoraj do żadnych sensownych wniosków. Oprócz tego, że bzykaliśmy się jeszcze dwa razy. Wolałam nie zastanawiać się nad tym, co robię. Zignorowałam cztery nieodebrane połączenia od mojego męża, odkładając czekającą mnie z nim poważną rozmowę. Pojechałam do domu. Kiedy upewniłam się, że w środku nie ma Kamila, przebrałam się i poszłam do pracy. Sekretarki Ani jeszcze nie było, ale słyszałam Kingę rozmawiającą z klientem.

– Kiepsko pan wygląda. Szósta noc bezsenna, amfetamina na rynku? – zapytała, a ja umierałam ze śmiechu, podsłuchując pod drzwiami.

– Skąd znam ten tekst?

Chłopak najwyraźniej też miał poczucie humoru.

– Kazik.

– A tak w ogóle, skąd pani wie?

– *I drink and I know things* – odpowiedziała Kinga. Dostrzegła mnie w drzwiach i machnęła ręką, bym weszła do środka.

– Tyrion. *Gra o tron* – zgadł chłopak bezbłędnie.

– Teraz to pan zaskoczył mnie – powiedziała Kinga. – Panie Mateuszu, to Maria Hoffmańska, moja aplikantka. Pójdzie z panem na jutrzejszą rozprawę.

Uśmiechnęłam się profesjonalnie i usiadłam z nimi przy biurku. Po półgodzinie młody wyszedł, a Kinga popatrzyła na mnie z zastanowieniem.

– Jak się trzymasz?

Nie chciałam wprowadzać jej w szczegóły tego, co się działo ostatnio w moim popieprzonym życiu.

– Dobrze.

– To dobrze. Jeśli coś się w tym względzie zmieni, to daj mi znać. Urlop możesz dostać w każdej chwili.

– Dziękuję ci, Kinga – powiedziałam, wiedząc, że mój urlop mógłby rozwalić nam grafik.

– Twój brat odrobi to za ciebie. – Uśmiechnęła się szeroko. – Za pół godziny będzie ten koleś od kamienic. Dasz sobie radę?

– Dam – powiedziałam z pewnością siebie, której wcale nie czułam. – Skasowałaś go już? Nie umiem gadać o kasie z klientami...

– Twój poprzedni patron nic cię nie nauczył, ale na szczęście wtedy zjawiłam się ja. Cała na biało. – Kinga się roześmiała. – Pamiętaj, moja droga, stare branżowe przysłowie: „Adwokat po sprawie jak kurwa po zabawie". Kasujesz go z góry i niech ci nawet powieka nie drgnie. Przypadki, które ruszają nam psyche, możemy rozkładać na raty, ale tym razem na biednego nie trafiło. Zobaczysz, o czym mówię.

Wstała, przerzuciła togę przez ramię i poleciała do sądu.

* * *

Wyszedłem z jednostki z urlopem na najbliższe dwa tygodnie i pojechałem do swojej szkoły. Otworzyłem drzwi i wszedłem na salę. Przemek ściągnął rękawice i podał mi rękę.

– Cześć, szefie.

– Cześć. Ogarniasz wszystko? – zapytałem, patrząc na ćwiczących chłopaków.

Młody zgłosił się do mnie jakiś czas temu, szukał pracy. Znaliśmy się ze starych kibicowskich czasów, więc postanowiłem dać mu szansę. Póki co, wcale tego nie żałowałem.

– Tak. Radzę sobie. Mamy mały problem z zaopatrzeniem...

Poszedł za mną do biura.

– Nie zawracaj mi tym dupy. Najbliższe dwa tygodnie odpadam ze wszystkiego.

– A zajęcia z krav magi?

– Skołuj kogoś na zastępstwo.

Młody spojrzał na mnie z niepokojem.

– Coś się dzieje?

– Długo by gadać. – Nie zamierzałem się zwierzać. – Spróbuj zlokalizować kogoś, kto może mieć do mnie jakiś problem.

Przemek zmarszczył czoło.

– Nie rozumiem.

– Zorientuj się, czy ktoś nie ma do mnie jakichś wątów, o których rozpowiada.

– Żadnych szczegółów?

– Nie – odpowiedziałem. – Zdaj się na intuicję.

***

– Dzień dobry. Drugie drzwi po lewej – usłyszałam głos Ani. Wytarłam spocone ręce o spódnicę, po czym uniosłam wzrok. W drzwiach stał bardzo przystojny facet. Włoski typ. Ciemnowłosy, umięśniony, w dobrym garniturze. Zdjął okulary przeciwsłoneczne i podszedł do mnie z uśmiechem.

– Dzień dobry.

Podałam mu rękę.

– Dzień dobry. Pan Jan Olsztyński, prawda?

– Zgadza się.

– Maria Hoffmańska. Proszę usiąść.

Wskazałam mu fotel, a sama zajęłam miejsce przy biurku.

– Czy mecenas Błońska opowiadała pani o mojej sprawie?

– Tak. Czy mogę prosić o przedstawienie dokumentów?

– Oczywiście.

Wyjął z aktówki teczkę. Otworzyłam ją i zaczęłam przeglądać papiery.

– Proponuję, aby zapoznała się z tym pani na spokojnie. Zostaję w kraju jeszcze przez tydzień. Możemy się umówić... – Zajrzał do kalendarza w telefonie. – Za dwa dni?

– Doskonale.

Widziałam, że facet zna się na rzeczy, i podobało mi się jego podejście.

Cały dzień analizowałam dokumenty, starając się nie myśleć o Ninie i o tym, czy coś jej grozi. Chociaż wciąż miałam to z tyłu głowy. O dziewiętnastej stwierdziłam, że mam dość. Skończyłam analizę, choć brakowało kilku dokumentów.

Będę musiała sprawdzić to w księgach wieczystych.

„U mnie czy u ciebie?" – wystukałam SMS-a do Daniela.

„Jestem na siłowni. Odbiorę cię z kancelarii za pół godziny, OK?" – odpowiedział.

„OK" – odpisałam i usłyszałam dźwięk otwierających się drzwi. *Fuck*. Zapomniałam zamknąć. Wyszłam z gabinetu z miłym uśmiechem, który zniknął natychmiast, kiedy zobaczyłam swojego gościa.

– Marysiu, proszę cię... – zaczął mój mąż, przybierając najbardziej skruszoną ze swoich min.

– Nie zaczynaj, Kamil. Przegiąłeś. Przeginasz całe ostatnie pół roku. – Skrzyżowałam ręce na piersiach.

– Bardzo cię przepraszam, wiesz, jak reaguję na tego siwego skurwysyna...

– To ojciec mojego dziecka. Wiedziałeś o tym od początku. Nigdy tego przed tobą nie ukrywałam, co więcej, powtarzałam ci to milion razy. Kolejny milion upewniałam się, że wiesz, na co się piszesz. A ty nagle stwierdziłeś, że co? Że to da się wymazać.

– Nina oficjalnie jest moją córką... – zaczął powoli.

Zaczęłam tracić nad sobą panowanie.

– Ooo! Idealne słowo. Oficjalnie. Bo praktycznie wiemy, jak to wygląda. Spadaj stąd!

– Marysiu, gdzie mieszkasz? Wiem, że nie w domu... Byłem tam dziś. Proszę cię, wracaj. Jakoś nad tym popracujemy. Muszę powiedzieć ci bardzo wiele rzeczy, ale sam nie wiem, jak zacząć.

Teatralnym gestem złapał się za czoło. Przez chwilę zrobiło mi się go nawet żal, ale szybko przypomniałam sobie, jak potraktował mnie w zeszłym tygodniu, w efekcie czego straszyłam siniakami od kilku dni.

– To sobie to przemyśl. Póki co nie mamy o czym gadać. Aniu, pan wychodzi – rzuciłam do sekretarki. Chwyciłam torebkę i płaszcz, po czym trzasnęłam drzwiami i zbiegłam po schodach.

Pobiegłam do auta, nie zastanawiając się, co najlepszego wyrabiam... Podświadomie czułam, że mój mózg nie ogarnia tych kwestii i po prostu włączył opcję najłatwiejszą. Wejście w stan pierwotny. Nie miałam zamiaru teraz tego rozkminiać. Skierowałam się prosto do Sośnicy i zaparkowałam pod siłownią. Przez głowę ściągnęłam sukienkę i włożyłam płaszcz. Zrzuciłam buty i sięgnęłam ręką na tylne siedzenie, na którym leżały szpilki. Woziłam je na specjalne okazje. Dziesięć centymetrów wąskiego obcasa. Włożyłam je i spokojnym krokiem ruszyłam w stronę drzwi. Weszłam do środka, stanęłam w progu i opierając się o framugę bawiłam się paskiem płaszcza. Daniel leżał na ławeczce i podnosił sztangę. Patrzyłam na pracujące mięśnie ramion i przełknęłam ślinę. Całe życie ten ruch kojarzył mi się z seksem. Tak się zagapiłam, że nawet nie zorientowałam się, że mnie zauważył. Odłożył sztangę i usiadł na ławce.

– Co ty tu robisz, Ryś? – Spojrzał na mnie z niepokojem. – Mówiłem ci, że po ciebie przyjadę.

Przybrałam najbardziej niewinną minkę ze swojego repertuaru.

– Wpadłam poćwiczyć. Co innego można robić na siłowni? – zapytałam słodko i zatrzepotałam rzęsami niczym gwiazda brazylijskiej telenoweli.

Opuścił wzrok na moje szpilki i bez chwili namysłu dołączył do mojej gry.

– Nie masz butów.

Powoli podeszłam do niego i oparłam jedną szpilkę o ławeczkę.

– Mam. Zobacz! Ładne?

– Całkiem, całkiem.

Wciąż tylko na mnie patrzył. Konkretnie w moje oczy. Zgrywa twardziela? Zobaczymy…

– Widzę, że nie zrobiły na tobie wrażenia, więc… – Powoli rozwiązałam pasek płaszcza. – Chciałam ci pokazać jeszcze coś innego…

Wybałuszył oczy. Pod spodem miałam tylko stanik i majtki.

– No i jak? Całkiem, całkiem? – zapytałam ze złośliwym uśmiechem. Chciałam zabrać nogę z ławeczki, ale błyskawicznie złapał mnie za kostkę.

– Jesteś pewna, że to był dobry pomysł?

Wstał gwałtownie, a ja momentalnie straciłam równowagę i oparłam się o niego całym ciałem.

– A co? Zły?

Cholera, czemu nie mogę czasem ugryźć się w język?

– Zły, Marysia. Możesz mi wierzyć.

Pocałował mnie mocno, wplatając rękę w moje włosy, a potem popchnął mnie w stronę leżącego na środku sali materaca. Upadłam na wznak.

– Mam problem z wiarą na słowo.

Nadal nie umiałam sobie odpuścić.

– Dochodzę do wniosku, że w twoim przypadku nie ma problemów, których nie rozwiązałoby solidne lanie...

– Zamień lanie na pieprzenie i mamy *deal* – zaryzykowałam, kiedy się nade mną pochylił.

* * *

Nawet nie podejrzewałem, co siedzi w głowie tej małej cholery, ale bardzo spodobało się mi to, co ostatnio z niej wyłaziło.

– No nie wiem, nie wiem.

Uśmiechnąłem się złośliwie.

– Nie masz ze sobą sprzętu – wyjęczała, kiedy ściągałem jej stanik i przesuwałem językiem po sutkach.

– Ręka mi wystarczy. – Podniosłem na nią oczy, jednocześnie zanurzając dłoń w jej majtki. – Ta bielizna jest bardzo ładna. Bo chyba o to pytałaś? To przez nią jesteś taka mokra?

– Nie. Przez ciebie – powiedziała, odpuszczając sobie na chwilę.

– Podlizujemy się, bo nie chcemy oberwać? – roześmiałem się, ściągając z niej majtki.

Przejechałem rękami po całej długości jej nóg. Czułem, jak mój dotyk błyskawicznie wywołał na nich gęsią skórkę. Podniosła się w moją stronę. Nigdy w życiu z nikim nie było mi tak dobrze, ale znów mnie nie słuchała. Miało jej tu nie być. Wykończy mnie kiedyś. Postanowiłem, że skoro najwyraźniej bardzo jej się podoba nasz nowy styl, żal byłoby z tego nie skorzystać.

– Śpieszy ci się gdzieś? – Wstałem i popatrzyłem na nią groźnie. – Ławeczka do brzuszków. Już.

– Mam strzelić szóstkę Weidera?

Znów zaczynała pyskować.

– Masz się wypiąć. Ładnie. I nie każ mi powtarzać.

Podeszła do ławki i oparła się o nią.

– Ty to po prostu lubisz, nie? – zapytałem wraz z pierwszym klapsem.

– Tak to sobie tłumacz, zboku – powiedziała.

W nagrodę dostała mocniejszego klapsa.

* * *

– Co mówiłaś? – usłyszałam spokojny głos za plecami.

– Że mamy ładną pogodę, choć wietrzną.

– Tak właśnie myślałem.

Pochylił się nade mną i powoli zaczął całować moje plecy wzdłuż całego kręgosłupa. Jednocześnie poczułam, jak wchodzi we mnie palcami. Oszaleję od tego, co ze mną wyrabiał. Obrócił mnie przodem do siebie i mocno pocałował. Potem podniósł, popchnął na ścianę, podszedł bliżej i całując, uniósł do góry.

– W zasadzie nie zasłużyłaś, ale niech stracę.

Rozpiął rozporek i opuścił mnie na siebie jednym pewnym ruchem.

Nawet nie zdawałam sobie sprawy, jak głośno jęknęłam. Zaczął mnie rżnąć. Nie dało się tego nazwać inaczej. Szybko, mocno, pewnie. Po chwili poczułam, że odlatuję... Żeby się nie drzeć, ugryzłam go w szyję, zaciskając jednocześnie na nim mięśnie. Po chwili poczułam, że Daniel też skończył.

– Przez ciebie nie zrobiłem dziś nóg – powiedział mi do ucha, kiedy tylko uspokoił mu się oddech.

– Masz dobre – odrzekłam. – W przeciwieństwie do charakteru.

– Zawsze obchodziłem się z tobą jak z malowanym jajkiem. Okazało się, że to był duży błąd, a ja nie zwykłem popełniać dwa razy tych samych błędów. – Pocałował mnie w czoło i opuścił na ziemię. – Chodź, jedziemy do mnie. Nakarmię cię czymś i zadzwonimy do Radka.

* * *

Marysia odłożyła pudełko po pizzy i spojrzała na mnie z niepokojem.

– Dzwonimy?

– Tak. Jesteś pewna, że to dobra taktyka, żeby w ogóle nie rozmawiać z Niną?

– Stuprocentowo. Jeśli tylko się usłyszymy, obie się rozkleimy.

– Jesteś jej matką, pewnie wiesz lepiej.

Wyjąłem telefon i wybrałem numer. Włączyłem na głośnomówiący. Radek odebrał w swoim stylu.

– Mów.

– Ty mów. U nas spokój.

– Zlokalizowałeś tego w swojej szkole?

– Nie, ale Przemek się będzie rozglądał. A u was?

– Jak w maju nad morzem. Pusto, cicho i nic niepokojącego. Oprócz twojej córki. Ma charakterek po tobie.

Uśmiechnąłem się.

– Wiem.

– Śpi już? – zapytała Marysia łamiącym się głosem.

– Tak. Choć najpierw starała się nas wszystkich wykończyć. Nie martw się, Maryśka, wszystko pod kontrolą.

– Łatwo ci mówić.

– Sprawdź maila. Wysłałem ci fotki. Naprawdę świetnie się bawi. Załatwcie, co macie załatwić, a my się tu wczasujemy. Daniel, pogadaj z „Zimnym", czy są jakieś postępy.

* * *

Obudziłam się o piątej czterdzieści. Powoli zsunęłam rękę Daniela, którą obejmował moje piersi, i poszłam do kuchni. Za dwie godziny musiałam być w pracy, ale czułam ogromną pokusę, żeby zrobić mu coś dobrego do jedzenia. Baby są głupie, byłam tak samo dobra jak on, więc czemu to ja mam odwdzięczać się śniadaniem? Popatrzyłam na swoją durną minę w lustrze i stwierdziłam, że korona mi z głowy nie spadnie, jeśli to zrobię. Niestety w lodówce znalazłam tylko browar i dwa skrzydełka z KFC. Włożyłam spodnie, jego bluzę, złapałam portfel i telefon i wybiegłam z budynku. Punkt szósta weszłam do Żabki i kupiłam pieczywo, jajka oraz szynkę. Ukręcę z tego coś zjadliwego. Kiedy podchodziłam do bloku zorientowałam się, że coś tu nie gra. Zatrzymałam się. Z dwóch policyjnych suk wysiadali antyterroryści. To nie była spokojna dzielnica, ale domyśliłam się, po kogo idą… Pod budynkiem zaczęli zbierać się gapie, chwilę z nimi stałam, ale szybko zamówiłam ubera.

***

Wydawało mi się, że dopiero zamknąłem oczy, kiedy obudził mnie huk. Instynktownie chciałem zasłonić Marysię, ale w łóżku byłem sam. Tysiące myśli naraz przemknęło mi przez głowę. Granat hukowy, strzał z mossberga i celujące we mnie glocki. Czego, do kurwy nędzy, chce ode mnie CBŚ?

– Policja! – rozległ się ryk.

– Zdążyłem się, kurwa, domyślić – powiedziałem, nie ruszając się z miejsca.

Pozwoliłem wywalić się na podłogę i skuć. Byłem pewien, że to jakaś pomyłka, jednak w tym momencie nie miałem zamiaru nic im tłumaczyć. Wiedziałem, że przy takich zatrzymaniach często ktoś przypadkowo dostaje kulkę.

Dwóch skuło mnie kajdankami, a reszta zaczęła rozwalać w pył moje mieszkanie. *Good luck*. Nie miałem kompletnie nic nielegalnego. Później pozwolili mi się ubrać i wyprowadzili z mieszkania. Byłem pewien, że wszystko szybko się wyjaśni. Wychodząc, zobaczyłem w tłumie gapiów Maryśkę. Miała łzy w oczach. Musiałem jakoś ją rozweselić.

– Dzień dobry, szanowna sąsiadko, jak poranny spacer? – powiedziałem do starej Bobrowej, mojej złośliwej sąsiadki, która patrzyła na mnie z wielką satysfakcją, przytulając do piersi psa przypominającego szczotkę do kibla.

Stara jędza prychnęła z oburzeniem, nie kryjąc usatysfakcjonowanej miny.

Prowadzący mnie policjanci zaśmiali się pod kominiarkami i wpakowali mnie do samochodu.

* * *

„Twój uber jest na miejscu" – otrzymałam powiadomienie. Dziesięć minut później wysiadłam przed kamienicą, w której mieszkał mój brat. Wpisałam kod do domofonu i migiem wbiegłam na drugie piętro. Zaczęłam naciskać dzwonek jak wariatka. Po chwili otworzył mi Łukasz. Właśnie wyszedł spod prysznica.

– Rysiek, kompletnie cię pojebało? Jest siódma rano – zaczął, ale nie skończył, bo się rozryczałam.

Od razu wciągnął mnie do mieszkania i mocno przytulił.

– Co się stało?

– Daniela zawinęli „kominiarze".

– Coś ty. Wiedziałbym.

– Widziałam na własne oczy.

Poszliśmy do kuchni. Posadził mnie przy stole i włączył ekspres. Po chwili w drzwiach stanęła Kinga.

– Co się dzieje? – zapytała.

– Daniela zawinęli „czarni". – Łukasz wziął do ręki telefon. – Ustalę, co i jak.

Wyszedł do salonu. Kinga zrobiła dla nas kawę, usiadła naprzeciwko i złapała mnie za rękę. Żadna z nas się nie odzywała.

– Mamy problem.

Łukasz wszedł do kuchni i popatrzył na Kingę. Błyskawicznie skojarzyła fakty, które do mnie nie docierały…

– To nie wy, tak?

– Nie my. Prokuratura Krajowa.

Mina Kingi świadczyła o tym, że czuje powagę sytuacji.

– Dlaczego?

– Zorganizowana grupa przestępcza o charakterze zbrojnym. Handel i przemyt broni.

– Kto to prowadzi?

– Jakiś lebiedź, który przed zmianą władzy był prokuratorem rejonowym na końcu szarej dupy. W pół roku awansował do krajówki, więc, jak mniemam, dobrze obciąga swoim przełożonym.

– Kurwa, sanki* jak nic. – Kinga wstała. – Masz tam jakieś znajomości?

– Coś mam, ale za mało. Nie jestem pupilem, wiesz o tym. Spuścić do rejonu mnie nie mogą, bo za dużo prowadziłem medialnych spraw, ale na awans szans nie mam żadnych. Moja interwencja w krajówce bardziej zaszkodzi niż pomoże.

– Okej. Zatem ja tam pojadę. Potrzebuję pełnomocnictwa do obrony.

– Ja ci podpiszę – powiedziałam bez namysłu.

– Oszalałaś. Podpiszesz mi pełnomocnictwo i nie będzie szans, żebyś tam weszła jako aplikantka. Musi to zrobić ktoś inny z bliskich.

– Nie ma nikogo, oprócz Radka.

– Dobra, dzwoń do niego. Niech wyśle mi skan podpisanego pełnomocnictwa na maila, podbijemy za zgodność z oryginałem i jedziemy z tym koksem.

---

* Zastosowanie tymczasowego aresztowania.

***

Patrzyłem na prokuratora ze zbaraniałą miną.

– To jakaś kompletna pomyłka – powiedziałem, kiedy wyłuszczył mi, jaki za chwilę postawi mi zarzut.

Uśmiechnął się z wyższością. Miał metr sześćdziesiąt wzrostu i dwadzieścia kilo nadwagi. Pewnie stąd kompleksy.

– Nie sądzę.

Oparłem się o fotel, zgrywając cwaniaka.

– Na co czekamy?

– Na obrońcę, którego ustanowił dla pana brat... O wilku mowa.

Spojrzał w stronę drzwi. Kinga wpadła do pokoju jak burza i podsunęła mi pod nosem druk pełnomocnictwa. Podpisałem je, a ona przesunęła je w stronę prokuratora.

– Chciałam zamienić kilka słów ze swoim klientem.

– Proszę się nie krępować.

– Na osobności.

– Nie wyrażam zgody.

– Pana prawo – wypluła, patrząc na niego z pogardą. – Daniel, ani słowa. I tak dostaniesz sanki, więc cokolwiek zarzuci ci szanowny pan prokurator, każ mu sp… – zrobiła dłuższą pauzę, popatrzyła na niego i uśmiechnęła się złośliwie – …róbować poszukać materiału dowodowego gdzie indziej.

Prokurator zaczerwienił się jak pensjonarka.

– Niech pani uważa. Nie jest pani uprzywilejowana przez to, że prowadza się pani z moimi kolegami po fachu.

Najwyraźniej miał aktualne dane. Niedobrze. Widziałem, że Kinga zaczęła ruszać nerwowo nogą, ale on nie mógł tego zobaczyć. Siedział po drugiej stronie biurka.

– Panie prokuratorze, szanujmy się. Pan sobie daruje osobiste wycieczki w moją stronę, a ja nie powiem na głos, że pan pewnie nie prowadza się z nikim, bo nie ma w tym kraju aż takich desperatek.

14–15 czerwca 2015 roku

Od ponad roku byliśmy parą. Podobało mi się wszystko: to, jak zajmowała się mną, kiedy połamany leżałem w łóżku, i to, z jaką ochotą do niego się kładła, kiedy już wróciłem do formy. Nawet „Zimny" i Radek sobie odpuścili. Wszystko układało się dobrze, ale nadal miałem za mało czasu, by wszystko ogarnąć... A do tego wizja bezrobocia. Właśnie miałem zamiar to zmienić. Pojechałem do Wrocławia, żeby aplikować do Blacka, akurat trwała rekrutacja. Po całym dniu wróciłem do hotelu i wyjebałem się na łóżku, kiedy zadzwonił telefon.

– Wszystkie znaki na niebie i ziemi wskazują, że miałeś rekrutację cały ranek?

Młoda koza. Pewnie coś knuła. Nie miałem zamiaru dać jej się sprowokować.

– Miałem. No i co? – rzuciłem spokojnie, otwierając browar.

– Z moich obserwacji wynika, że kiedy cały ranek zapieprzasz na wysokich obrotach, najrozsądniej jest...

– Zamieniam się w słuch.

– Po pierwsze: nie odzywać się niepytana.

Uśmiechnąłem się do telefonu.

– Z tym, jak wiemy, masz ogromny problem.

– Słuchasz dalej? Po drugie: nie mrugać za głośno, a po trzecie nie przerywać linii łączącej oczy i telewizor.

Roześmiałem się, bo rzeczywiście leżałem wyjebany jak koń po westernie na hotelowym łóżku i patrzyłem tępo w telewizor.

– Możesz mieć nieco racji.

– Są jednakże dwie drogi, które mogłyby naprawić ten stan...

– Mianowicie?

– Pierwsza to stanąć w bezpiecznej odległości dziesięciu, piętnastu metrów i rzucać w ciebie pizzą i piwem.

Pociągnąłem łyk piwa i pokręciłem głową z niedowierzaniem.

– A druga?

– Zrobić ci co najmniej półgodzinnego loda, pijąc jednocześnie prosecco.

Zbaraniałem.

– Czemu w czasie robienia loda masz pić prosecco?

– Bo ma bąbelki... A teraz wypoczywaj, a ja idę do roboty. Klient mojego patrona jest przesłuchiwany w jakiejś sprawie i mam wieczorne czynności.

– Oż ty! – Miała sporo szczęścia, że byłem dwieście kilometrów od niej. – Pożałujesz podjudzania mnie na odległość.

– Nie strasz.

Roześmiała się i przerwała połączenie.

– Wyglądasz jak idiota, szczerząc się do tego telefonu – powiedział Karol, wchodząc do pokoju i biorąc sobie z torby piwo. – Twoja lady dzwoniła?

Opadł na drugie łóżko.

– Nie interesuj się, bo kociej mordy dostaniesz. Jak ci poszło?

– Dobrze. Wezmą mnie na bank. Kiedy zobaczyli w CV misję w Bośni, prawie dostali orgazmu. Mój brat już przechodził tę rekrutację i powiedział mi, na co zwrócić uwagę. Byli zachwyceni moimi zdolnościami i prezencją.

– Widać, że się, kurwa, nie znają.

Roześmiałem się i stuknęliśmy się piwem.

* * *

Wbiegłam na komendę i poprosiłam portiera, żeby powiadomił aspiranta Motykę, że stawił się aplikant na przesłuchanie. Po kilkunastu minutach zszedł po mnie policjant i zaprowadził mnie na trzecie piętro. W pokoju, pilnowany przez innego policjanta, siedział facet, który na pierwszy rzut oka wzbudził moją antypatię. Tłuste włosy nieokreślonego koloru, twarz przypominająca pysk węża.

– Pan Artur Krotnicki? – zapytałam, a on spojrzał na mnie jak na coś paskudnego, przyklejonego do swojego buta.

– Tak, a pani to kto?

– Nazywam się Maria Zimnicka i...

– Gówno mnie obchodzi, jak się pani nazywa. Płacę Nurewiczowi. Gdzie on jest?

– Nie mógł dziś przyjść. Jest w szpitalu – powiedziałam, choć doskonale zdawałam sobie sprawę, że mój szef po prostu nie ma ochoty stawiać się w komendzie o tej porze. – Ma pan do wyboru mnie i... tylko mnie.

Usiadłam na wskazanym przez policjanta krześle.

– Porozmawiam sobie o tym z panem mecenasem – rzucił facet protekcjonalnym tonem.

Policjant spojrzał na mnie ze współczuciem i uniósł brwi.

– Możemy zaczynać?

Wyjęłam z torebki akta i długopis.

– Proszę.

* * *

– Spełniają panowie nasze wymagania i standardy. Po zakończeniu służby serdecznie zapraszamy w nasze szeregi.

Były żołnierz GROM-u, pełniący rolę kierownika rekrutacji, uścisnął nam dłonie. Zachowaliśmy kamienne twarze. Dopiero po wyjściu z budynku obaj unieśliśmy ręce.

– Chciałem podziękować za powyższe wyróżnienie Bogu i matce Whitney Houston – powiedział Karol.

Wyszczerzyłem zęby w uśmiechu.

– Cher odbierająca Grammy. Teraz ja: Naprawdę nas lubią. Naprawdę.

– Yyy, czekaj. – Karol zastanawiał się chwilę. – Dobra, nie wiem.

– Sally Field odbierająca Oscara.

– I za to z tobą wypiję.

– Marek Kondrat, *Psy*.

– To wie każdy.

Karol wyjął telefon i zadzwonił po taksówkę. Pojechaliśmy do hotelu i rozsiedliśmy się w drink barze.

– Jak ty to wytrzymasz? Rok bez swojej blondyny... Obawiam się, że zaczniesz słuchać Jeden Osiem L. Swoją drogą myślisz, że facet już zapomniał? – zarechotał Karol, po czym postawił na stole flaszkę i rozsiadł się w fotelu.

– Jest taka opcja. Co do Marysi, to wiesz... jak kocha, to poczeka – rzuciłem filozoficznie, polewając kolejkę. Karol stuknął się ze mną kieliszkiem.

– Uważaj, żeby się ktoś przy niej nie zakręcił.

– Kręcić się mogą... – Uśmiechnąłem się cwaniacko. – Ręczę za nią.

– Wiesz, kiedyś też dałbym sobie za jedną kobietę rękę uciąć. I już bym, kurwa, nie miał ręki.

– *Chłopaki nie płaczą* – rzuciłem automatycznie.

– A ten cały Kamil? – Karol najwyraźniej miał ochotę bić pianę. – Łazi za nią jak pies. Nie boisz się, że wykorzysta moment, kiedy cię nie będzie?

– Nie. To pizduś. Ą, ę, bułkę przez bibułkę. Pochodzi z bogatego domu, wszystko dostał na tacy od mamusi i tatusia. Mieszkanko w starej rodzinnej kamienicy w centrum – proszę bardzo. Studia – jakie sobie chłopczyk zażyczy. Praca? Pewnie, załatwimy. A Marysia... – Zastanowiłem się chwilę, jak to ująć, ale chyba najprościej było najlepiej. – Lubi skurwysynów.

– To wybrała idealnie.

Karol roześmiał się, po czym nalał następną kolejkę.

* * *

– Zarzuty nie zostaną panu postawione. Sprawa zostanie umorzona. Jednakże na pana miejscu uważałabym, co robię. Tego typu zawiadomienia, biorąc pod uwagę fakt, iż jest pan czynnym zawodowo żołnierzem, mogą panu mocno zaszkodzić – powiedziałam do Krotnickiego, kiedy tylko wyszliśmy z przesłuchania.

– Pani mnie nie poucza. – Uśmiechnął się z wyższością. – Rozum rzadko chodzi w parze z urodą.

Obleśnym wzrokiem obmacał moje piersi. Mało mnie szlag nie trafił.

– Mnie również nie było specjalnie przyjemnie pana poznać.

Odwróciłam się w stronę samochodu, ale typ złapał mnie za rękę.

– Mnie wręcz przeciwnie. Choć wolałbym inne okoliczności. Może wyskoczy pani ze mną na drinka? Ta perspektywa cieszy mnie bardziej, niż bycie bronionym przez aplikantkę.

Uśmiechnęłam się najsłodziej, jak potrafiłam.

– Prędzej świnie zaczną latać.

Wyrwałam rękę i wsiadłam do samochodu.

***

Wstaliśmy na solidnym kacu i zeszliśmy na śniadanie. Potem pojechaliśmy do Blacka dograć dokumentację i po południu ruszyliśmy do domu. Karol wysadził mnie pod blokiem. Wszedłem po schodach, ledwo wlekąc nogi. Nie zdążyłem otworzyć drzwi, kiedy uchyliła je Marysia zrobiona na sto pięćdziesiąt procent.

– Nareszcie... Ledwo ale zdążymy, wchodź i się przebieraj.

Starałem się wysilić mózg, ale nie miałem pojęcia, o co jej chodzi.

– Yyy...

Popatrzyła na mnie ze złością.

– Kolacja. U rodziców. Dziś.

Kurwa mać. Na śmierć o tym zapomniałem.

– Nie nadaję się. Jestem umęczony jak nieszczęście.

– Daniel, nie ma opcji, że nie. Prosiłam cię tyle razy... Wiecznie gdzieś latasz, a ja ciągle muszę się tłumaczyć, czemu cię nie ma. – W jej oczach widziałem błyskawice.

– Będę z tobą myślami.

– Myślami to ja będę z Marcinem Dorocińskim.

– Wykończysz mnie. – Westchnąłem ciężko. – Daj mi pięć minut. Wezmę chociaż prysznic.

Wchodząc do łazienki, zabrałem portfel. Miałem tam grama na czarną godzinę. Popatrzyłem na swoje odbicie w lustrze: podkrążone oczy, niewyraźna mina... Potrzebne było „wsparcie". Po dziesięciu minutach byłem w miarę jako tako gotowy. Pojechaliśmy. Podczas kolacji walczyłem z zamykającymi się oczami. Czułem, że Marysia jest bardzo rozczarowana, że nie uczestniczę w rozmowie. Czas na repetę. Poszedłem do łazienki i wysypałem resztkę „białego" na parapet. Zwinąłem banknot i w momencie kiedy zacząłem wciągać krechę, usłyszałem dźwięk otwieranych drzwi. Kurwa, byłem tak zmęczony, że zapomniałem przekręcić klucz.

– Sorry... – usłyszałem głos „Zimnego".

Wiedziałem, że kiedyś wpadnę. Powoli podniosłem się i odwróciłem w stronę Łukasza. Zdążył wejść do środka i zamknąć za sobą drzwi.

– Czy ciebie już dokumentnie popierdoliło? – zaczął, patrząc na mnie jak na kupę gówna. Trafił świetnie, chwilowo właśnie tak się czułem.

– Incydentalny wypadek. Nie wyrabiam ostatnio. Za dużo sobie wziąłem na łeb.

Uśmiechnął się złośliwie.

– Pierdolisz... Maryśka, jak rozumiem, wie i akceptuje.

Wszyscy wiedzieli, że Maria nienawidzi narkotyków. Była w tym względzie surowa jak papież. Jej najlepsza przyjaciółka z ogólniaka się zaćpała. Kiedy mi o tym opowiedziała, wiedziałem, po jak cienkim stąpam lodzie.

– Nie wie. „Zimny", to naprawdę jest ostatni raz. Odkąd poznałem Marysię, radzę sobie z tym. – Łgałem jak pies – Nie mów jej, a ja ci daję słowo, że to jest ostatni raz.

Popatrzył na mnie z zastanowieniem.

– Lubię cię. Widzę, że się starasz. Ostatnia szansa, Daniel. Na twoim miejscu bym siebie nie sprawdzał.

– Dzięki – powiedziałem z ulgą.

***

Weszliśmy do mieszkania. Daniel nieco odżył, choć widziałam, że jest wykończony. Kompletnie nie pojmowałam specyfiki jego pracy. Ja po robocie nadal miałam dużo energii, dlatego nie rozumiałam, że można być tak padniętym, by nie mieć siły wziąć do ręki telefonu. Uważałam, że po prostu mu się nie chce, i jak mi na czymś zależało, to maglowałam go tak długo, aż się zgadzał. A zgadzał się na wiele. Naprawdę miał do mnie słabość.

– Dziękuję ci, Daniel, że to dla mnie zrobiłeś – powiedziałam z uśmiechem.

Puścił do mnie oko.

– Odrobisz w polu.

Usiadłam za nim na kanapie i zaczęłam masować mu barki.

– Jak było we Wrocławiu?

– Nieźle. Dużo gadania, trochę ćwiczeń. Powinno być okej.

– Nie chcę, żebyś jechał – powiedziałam mu do ucha, nadal go masując.

– Mnie też się tam nie śpieszy, ale przez rok zarobię tyle, że będę w stanie otworzyć szkołę i starczy nam na utrzymanie. Ty, póki co, nie jesteś w stanie zarobić nawet na siebie. Jak będziesz mecenasem, to mi się odwdzięczysz – mruknął, już nieco wyluzowany.

– To fakt. – Przypomniało mi się ostatnie spotkanie z klientem. – Choć wczoraj miałam strasznie nieprzyjemną akcję. Z jakimś skurwysynem z twojego batalionu.

Daniel błyskawicznie się wyprostował.

– Z kim?

– Z Arturem Krotnickim.

Zerwał się i spojrzał mi w twarz.

– Skąd go znasz?

– To z nim szłam wczoraj na przesłuchanie. Śliski i obrzydliwy typ.

– Dokładnie taki jest. Mam z nim kosę, odkąd się poznaliśmy. Dopierdalał się do ciebie?

– Nie – powiedziałam i uciekłam oczami w bok. Niestety za dobrze mnie już znał…

Złapał mnie za brodę i odwrócił twarz w swoją stronę.

– Prawdę mi mów.

– Nic, z czym nie mogłabym sobie poradzić. Olej to, Daniel. Ściągaj tę koszulę, zrobię ci naprawdę dobry masaż.

***

– Marysiu, muszę wiedzieć takie rzeczy. To kompletny pojebaniec – powiedziałem, rozpinając i ściągając koszulę.

Usiadłem na kanapie. W tym czasie ona podeszła do komody, wyjęła z niej olejek do masażu i usiadła za moimi plecami. Po chwili poczułem zimno mazidła na karku, a potem jej ręce. Zaczęła od delikatnego głaskania, by rozgrzać skórę, a potem zaczęła mocniej wbijać palce w moje ramiona, barki i kark. Czułem, jak schodzi ze mnie napięcie tego pojebanego dnia, tygodnia, a w zasadzie roku…

– Gdybym biegała do ciebie z każdą taką sprawą, musiałbyś się wkurzać na połowę klientów Nurewicza. Zwykle to obleśne typy.

– Powiedz którzy – wymruczałem, czując, jak wbija palce w moje mięśnie, by potem delikatnie przesunąć paznokciami od moich barków aż za ucho.

– Wiesz, że tak naprawdę, w głębi duszy, to masz w sobie coś z rycerza na białym koniu? – Zaśmiała się do mojego ucha.

– Ehe. Pewnie. – Odwróciłem się gwałtownie i zmieniłem naszą pozycję tak, że leżała pode mną. – Ile razy mam ci tłumaczyć, że jestem ten zły?

Patrzyła na mnie prowokująco.

– Masz nadzieję, że jak powtórzysz sto razy, to się ziści?

– No, nie wierzę, znów pyskujesz?!

Powolnym ruchem zacząłem ściągać jej z nogi samonośną pończochę. Za moją ręką szły usta, całowałem jej nogę od wnętrza uda aż do kostki… Wziąłem do ręki pończochę i stanąłem nad leżącą Maryśką. Miałem ochotę na coś ostrzejszego, ale wiedziałem, że powinienem się hamować. Nadal nie chciałem jej wystraszyć. Hm, zastanowię się w trakcie.

– Znam tylko jedną skuteczną metodę, żebyś się zamknęła.

Obrysowałem kciukiem jej usta. Oczywiście od razu zrozumiała o co mi chodzi, bo otworzyła je i zaczęła ssać mój palec, cały czas patrząc mi w oczy.

– Coś tak czułem, że nie będziesz zbyt mocno protestować.

Podniosłem ją tak, że usiadła. Rozpiąłem rozporek, złapałem ją za tył głowy i włożyłem jej nabrzmiałego fiuta w usta.

Popatrzyłem jej w oczy. Wyglądała na zaskoczoną, ale nie przestraszoną. Dobra, raz kozie śmierć. Spróbujemy dalej. Poczułem jej dłonie na udach.

– Ręce do góry.

Uniosła je bez wahania, przebiegając paznokciami po moim brzuchu. Puściłem jej głowę, złapałem dłonie w nadgarstkach, szybkim ruchem owinąłem wokół nich pończochę, a potem spojrzałem w dół…

* * *

Uniosłam oczy. Podobał mi się taki. Chyba nie jestem do końca normalna. Wyobraziłam sobie, jak muszę wyglądać z jego perspektywy, i jeszcze bardziej się podnieciłam. Wzięłam go do ust głębiej i zaczęłam oplatać językiem.

– No popatrz… Jaki niegrzeczny Ryś – wyszeptał Daniel i zaczął ruszać się mocniej. Starałam się za nim nadążyć. Po chwili się cofnął i pociągnął mnie do góry za związane pończochą ręce. Bezczelnie się uśmiechnęłam, wypinając do przodu piersi.

– To moje ulubione pończochy… nie zniszcz.

Zamglone pożądaniem niebieskie oczy zalśniły uśmiechem.

– Najwyżej kupisz sobie nowe. – Błyskawicznie pociągnął mnie za sobą na środek pokoju i oparł o stół. – Złap się za przeciwległą krawędź i nie puszczaj, póki ci nie pozwolę. Rozumiesz?

– Miau. – Tylko to przyszło mi do głowy.

Łapiąc się związanymi rękami za krawędź blatu, musiałam stanąć na palcach. Czułam chłód drewna. Jednym ruchem ściągnął mi majtki.

– Nogi szerzej – usłyszałam jego zdecydowany, żołnierski ton i bez chwili wahania wykonałam polecenie. Daniel uklęknął za mną. Poczułam wchodzące we mnie jego palce… Drugą ręką zaczął ściągać pończochę, którą dalej miałam na prawej nodze. Podobnie jak w przypadku pierwszej, śladem jego ręki szły usta. Zwariuję. Nie wytrzymam. Zaczęłam prężyć się na blacie.

Wyjął ze mnie palce i klepnął mnie w tyłek.

– Było się ruszać?

– Nie przeginaj – wyjęczałam.

Naprawdę mi się to spodobało. Wariatka.

* * *

– Podnieś nogę – powiedziałem i ściągnąłem jej drugą pończochę... Co by tu z nią zrobić? Mój wzrok zatrzymał się na stole...

– Jesteś świrem, wiesz? – wyjęczała Marysia, kiedy poczuła, jak przywiązuję jej zgrabną kostkę do nogi stołu.

– Zdziwiona? – zapytałem, wstając i przechodząc na drugą stronę. Zniżyłem się do jej wysokości i zobaczyłem zarumienioną, podniecona twarz i ręce kurczowo zaciśnięte na blacie.

– Oddaj – rozwiązałem jej nadgarstki – i łap się znowu, bo będzie się działo – powiedziałem, przechodząc znów za jej plecy i przywiązując drugą kostkę.

– Nie obiecuj.

Ponownie strzeliłem ją lekko w tyłek.

– Daniel, pożałujesz! – syknęła.

– Yhym. Nie strasz mnie, bo cię tak zostawię i pójdę na browar – powiedziałem ze śmiechem. Stanąłem między jej nogami, podwinąłem sukienkę, pochyliłem się nad nią i wplotłem jedną rękę w jej długie włosy.

– Możesz puścić, kochanie – wyszeptałem jej do ucha, a kiedy to zrobiła, szybkim ruchem pociągnąłem ją za włosy do tyłu, jednocześnie w nią wchodząc.

– Kurwa mać – wyjęczała nieprzytomnie, prostując się i przylegając plecami do mojej klaty.

– I jeszcze na dodatek brzydko się wyrażasz – powiedziałem w rytm coraz szybszych ruchów.

Puściłem jej włosy i położyłem obie ręce na idealnych piersiach wystających z jej dekoltu. Ściągnąłem stanik w dół i złapałem je w dłonie, kciukami pocierając sutki. Ruszałem się coraz szybciej, prowokowany coraz głośniejszymi westchnieniami.

– Obudzisz sąsiadów – wyszeptałem jej do ucha, mocniej ściskając piersi.

– Danieeel! – krzyknęła na cały głos, dochodząc.

Pozwoliłem jej opaść na blat i oparłem obie ręce o stół.

– Fakt, tak mam na imię – powiedziałem cwaniacko i zacząłem ruszać się w dwa razy szybszym tempie.

8 maja 2017 roku

„Szczotka, pasta, kubek dynamitu... i już po krzyku, i już po krzyku" – nucił mój brat, podając mi kawę. Mimo woli uśmiechnęłam się blado, tę samą piosenkę śpiewał mi, kiedy w trzeciej klasie podstawówki złamałam rękę. Zawsze umiał mnie rozśmieszyć.

– Damy radę.

Łukasz opadł na fotel. Wpatrzyłam się w kubek, jak w szklaną kulę.

– Mam nadzieję.

Po chwili usłyszeliśmy dźwięk otwieranych drzwi. Kinga wparowała do salonu jak petarda.

– Kto to, kurwa, jest Krotnicki?

Schowałam twarz w dłoniach.

– O Jezu, jeszcze jego brakowało.

Mina Łukasza też była kiepska.

– Przestańcie się na mnie lampić jak jelonek Bambi, tylko mi powiedzcie, czemu ten kutas pomawia Daniela o udział w zorganizowanej grupie handlującej bronią?

Łukasz pierwszy odzyskał panowanie nad sobą.

– To akurat proste, siedzi przez Daniela. Musiał się o tym dowiedzieć.

– No i super, wykorzystam to, jest w tym momencie niewiarygodny, bo się odgrywa.

– Nie pamiętasz tego? Rozmawialiśmy o tym, ale najwyraźniej byłaś jeszcze wtedy otumaniona po tej pigułce w Ustroniu. Nie masz jak uwalić jego wiarygodności. Daniel go wrobił. Bezczelnie wpierdolił go w narkotyki. Nie wykorzystasz tego, bo, po prostu, posiedzi z innego paragrafu. Nie wspominając już, że te dragi dostarczyła mu ekipa Daneckiej. Nie wiedzą, że Daniel ich wsypał… Podpisałabyś na niego wyrok śmierci.

– Ja pierdolę… – Kinga opadła na fotel. – Macie jakieś pomysły? Bo ja absolutnie nie.

***

Karma is a bitch, leżałem na pryczy i myślałem o tym, jak bardzo mam przejebane. Wedle postawionych mi zarzutów brałem udział w zorganizowanej grupie przestępczej handlującej bronią. Najgorsze było to, że Krotnicki dobrze przygotował się do swoich zeznań. Wskazywał takie dni, na które absolutnie nie miałem alibi, nie byłem w jednostce ani w szkole, a to były najłatwiejsze do sprawdzenia kwestie w moim wypadku. Byłem na trzysta procent przekonany, że pomaga mu ktoś z wolności. Kinga coś znajdzie, nie mógł mieć aż tak dokładnych danych, by gdzieś się nie wysypać, a te zarzuty to był stek bzdur. Pytanie tylko brzmiało, ile czasu tu posiedzę. Biorąc pod uwagę funkcjonowanie naszego wymiaru sprawiedliwości, obawiałem się, że długo. Miałem świadomość, że w tym samym czasie Marysia jest na zewnątrz. Tam, gdzie jest ktoś, kto powiesił na jej tarasie lalkę uosabiającą nasze dziecko. Ta myśl sprawiała, że odchodziłem od zmysłów. Przeszedłem w kąt celi, stanąłem na rękach i zacząłem w tej pozycji robić „pompki".

* * *

– Dzień dobry, panie prokuratorze. – Weszłam do gabinetu tego idioty z najsłodszym uśmiechem, na jaki tylko było mnie stać. – Przyszłam po zgodę na widzenie do pana Daniela Wyrwy. Jestem aplikantką mecenas Błońskiej, a ona sama nie może przyjść.

– Tylko w mojej obecności – powiedział prokurator.

– Jak pan sobie życzy. – Zatrzepotałam rzęsami. – To będzie przyjemność móc iść tam z panem. Przerażają mnie tacy bandyci. Wolę zdecydowanie sprawy rodzinne. – Nadal udawałam głupią dziunię.

– O, widzi pani, też uważam, że to lepsza droga dla kobiety w prawie niż to, co wybrała pani szefowa. Nie przyszła osobiście? Wydawało mi się, że to dla niej priorytetowa sprawa.

– Szefowa ma takich dużo. Potem je sobie odpuszcza. Kompletnie tego nie rozumiem – powiedziałam konfidencjonalnym szeptem.

Prokurator pochylił się w moją stronę.

– Widzę, że współpraca z nią nie należy do najprzyjemniejszych.

– Koszmarna baba – odpowiedziałam i puściłam oko.

Roześmiał się głośno.

– Proszę o pani legitymację. Dam pani tę zgodę i jutro do niego pójdziemy.

– Ojej. – Zmarszczyłam brwi i zrobiłam przerażoną minę. – Muszę to załatwić dziś, inaczej ona mnie zabije.

Prokurator zmarszczył czoło.

– Dziś nie mogę. Mam czynności.

Sprawiłam, że zaszkliły mi się oczy, i przechyliłam się w jego stronę tak, by miał dobry widok na moje piersi odsłonięte w niewyobrażalnym dekolcie.

– Panie prokuratorze, niech się pan zlituje. Znowu nie dostanę premii.

– Dobrze, ale dziś musi pani iść sama. Nie mogę przełożyć tych czynności.

Zrobiłam zawiedzioną minę.

– Trudno. Jakoś to zniosę – powiedziałam.

Dwadzieścia minut później wybiegłam z prokuratury, ściskając w ręce zgodę na widzenie. Wyjęłam telefon i zadzwoniłam do Kingi.

– Miałaś sto procent racji. Informacje Łukasza, że ma dziś czynności, sprawdziły się i dał się zrobić na numer o złej patronce.

– Wiedziałam. – Kinga się roześmiała. – Opowiadałaś, jaka to ze mnie suka?

– I to jak! W ogóle się nie krępowałam. – Też się uśmiałam. – Jadę do niego.

– Pamiętaj, o co masz go pytać. Przyjedź tu zaraz, jak wyjdziesz.

Wrzuciłam telefon do schowka i pojechałam do aresztu. Przejście przez bramę, ewidencję i na salę widzeń ciągnęło się jak cholera. Całą uwagę skupiałam na tym, by nie było widać, jak bardzo chcę się z nim zobaczyć.

– Boi się go pani? – zapytał strażnik, a ja z nerwów omal nie wybuchnęłam śmiechem.

– Nie.

– Na wszelki wypadek wyposażam panią w urządzenie do wzywania pomocy. – Podał mi mały przedmiot przypominający brelok. – Nie mamy w Gliwicach monitoringu widzeń. Proszę w razie czego skorzystać z przycisku alarmowego.

– Oczywiście.

Uśmiechnęłam się do niego sztucznie, a kiedy tylko wyszedł, usiadłam i oparłam czoło o stolik. Piętnaście minut później Daniel wszedł do pokoju widzeń. Drgnął na mój widok, ale jak zawsze błyskawicznie się opanował. Mnie w oczach stanęły łzy, więc szybko spuściłam wzrok na akta. Strażnik zamknął drzwi, a ja poderwałam się na nogi i w sekundę wisiałam na jego szyi.

– Ciii. – Zaczął mnie uspokajać, bo mimo woli zaczęłam łkać. – Cicho, Ryś. – Pocałował mnie, dyskretnie obserwując drzwi.

***

Przytuliłem ją mocniej.

– Uspokój się.

– Rozumiesz coś z tego, co tu się wyrabia? – zapytała, podnosząc na mnie zapłakane oczy.

– Kompletnie nic. Oprócz tego, że Krotnicki odgrywa się na mnie za to, że siedzi. To kompletnie bez sensu, zarzuty są wyssane z palca. Gdyby ten prokurator nie był tak wielkim idiotą, nastawionym tylko i wyłącznie na karierę, od razu by się skroił. Tym bardziej tego nie rozumiem. Jestem podejrzany o udział w przerzucie czterech partii broni. Każdy z nich datowany jest na czas, kiedy na pewno nie byłem ani w pracy, ani w szkole. Przedstawił mi na to dowody.

– Nie byłeś też u mnie. Od razu sprawdziłyśmy to z Kingą. Powiedz mi więc, gdzie byłeś, i kończymy tę szopkę. Potrzebuję cię na wolności – powiedziała, wkładając ręce pod moją koszulkę.

– Zachowuj się, jesteś w pracy. – Uśmiechnąłem się, ale po chwili spoważniałem. – Nie wiem, gdzie byłem trzy miesiące temu. – Podniosłem ją i posadziłem na stoliku, stając między jej nogami i pochylając się nad nią. – Cały czas o tym myślę, ale po prostu nie pamiętam. Pewnie w domu. Wtedy nie będzie można tego udowodnić.

– Kinga mówi… – Dłonie Marysi wędrowały po moim ciele. – Mówi, że potrzebujemy niezależnego świadka albo jednoznacznego dowodu. Inaczej nie starczy, żeby zażalenie na areszt okazało się skuteczne. Zabrali twój komputer, telefon. Nie mamy nic. Szkoda, że nie masz Facebooka. Wtedy może mogłabym coś z tego wyciągnąć.

O kurwa. Jestem idiotą, że wcześniej na to nie wpadłem.

– Tinder.

Zrobiłem krok do tyłu i z niedowierzaniem pokręciłem głową. Patrzyła na mnie pytającym wzrokiem.

– Aplikacja do wyrywania dup?

– Mam fejkowe konto na Facebooku, tylko pod Tindera – wyznałem, lekko zażenowany.

– No ładnie. – Marysia się roześmiała. – Gdyby ktoś mi kiedyś powiedział, że będę się cieszyła z powodu tego, że wyrywasz w necie panienki, to kazałabym mu puknąć się w głowę. A to nie działa tylko na telefonie?

– „Zimny" pokaże ci, jak wejść z komputera. Swego czasu był królem tej apki.

Nadal się uśmiechała.

– Same świry.

Zaczęła rodzić się we mnie ostrożna nadzieja. Z nudów bardzo często przeglądałem foty na Tinderze i toczyłem rozmowy o dupie Maryni z niespecjalnie lotnymi, ale za to całkiem wylaszczonymi panienkami. Może coś z tego będzie…

Marysia wyjęła długopis, przerywając moje myśli.

– Hasło?

– Nie wiesz? Ryś1989.

– Głupol. – Pocałowała mnie. – A teraz idę ratować świat. Wyciągniemy cię stąd. Przysięgam.

Popatrzyłem na jej zdeterminowaną minę.

– Tylko na siebie uważaj…

– Będę.

Zapakowała rzeczy i podeszła do drzwi.

– Rysiek – powiedziałem. Odwróciła się w moją stronę. – Nie zwracaj uwagi na to, co tam wypisywałem, co?

– Pewnie, że będę zwracała. – Uśmiechnęła się. – Rozłączę ci wszystkie pary.

– Będziesz to robić do jutra.

* * *

Wbiegłam do mieszkania Łukasza. Kinga leżała na kanapie i kreśliła coś na aktach, a Łukasz siedział przed komputerem. Usiadłam obok niego.

– Mam coś. Właź na Tindera.

Popatrzył na mnie jak na wariatkę.

– Masz ochotę na niezobowiązujący numerek?

– Właź!

– Nie byłem tam od roku, co najmniej – powiedział, klikając na apkę z płonącym znaczkiem.

– Yhm. Na pewno.

Kinga stanęła za nami i z ciekawością patrzyła w ekran.

– Wpisz maila Daniela i hasło: Ryś1989.

Łukasz wprowadził dane i po chwili pokazał się profil Daniela. Trzy zdjęcia: na motocyklu w kasku; na poligonie z bronią i jak latem skacze do jeziora ze skały.

– Dla każdej coś miłego. I na dodatek udało mu się przemycić zdjęcie gołej klaty tak, żeby nie wyjść na dupka – wyraził uznanie mój brat.

Kinga najwyraźniej wciąż nie ogarniała.

– Powiedz, jak to działa.

– Przesuwasz w lewo dupy, które ci się nie podobają, a w prawo te, które ci się podobają. Jak się traficie, to możecie zacząć rozmawiać.

Kliknął coś i zamiast zdjęcia Daniela pokazała się galeria zdjęć lasek.

– Jebany. – Łukasz pokręcił głową z uznaniem. – „Szukaj wśród 250 par".

– Co to znaczy?

– Że nie rozłącza nawet tych dup, które przeleciał. To dobrze. Większa szansa, że na coś trafimy. Dawaj te daty, Kinga.

Podała mu postanowienie, a Łukasz wszedł w archiwum rozmów. Przez ponad dwie godziny przekopywaliśmy się przez jego ściemy i bajery. Boże, jakie laski są durne. Znałam go już dobrze i kiedy czytałam niektóre z tych tekstów, miałam ochotę tarzać się ze śmiechu. Inne doprowadzały mnie do szału, bo widziałam, że czasem zdarzyło mu się napisać gdzieś prawdę. W końcu moją uwagę zwróciło jedno zdjęcie. Brunetka, na którą natknęłam się niedawno w jego mieszkaniu.

– Znam ją! – wydarłam się, pokazując zdjęcie ślicznej buzi. – Otwórz!

Łukasz wszedł na profil i przejrzał konwersację. Nie wymieniali poglądów na temat gustów muzycznych... Choć nie, jakieś dwa zdania o muzyce padły, ale w kontekście tego, przy czym ją zwiąże i przeleci. Zacisnęłam ręce z zazdrości.

Łukasz przewijał tekst.

25 lutego 2017, 14:20

Sara: „Co robisz?".

Siwy: „Leżę".

Sara: „Poleżeć z Tobą?".

Siwy: „Jak masz ochotę leżeć, to się nie fatyguj, ale jeśli chcesz się postarać, to zapraszam".

– Mamy to! – Kinga uściskała mnie. – Jak ją zlokalizować?

– Trzeba do niej napisać. Tylko ostrożnie. Ostatnio wyrzucił ją z mieszkania, trzeba ją jakoś ugłaskać.

Patrzyłam z niepokojem na ekran, wiedząc, że to nasza jedyna szansa. Łukasz uśmiechnął się szeroko.

– Niby za tym nie tęskniłem, ale… – Nie pytając nas o zdanie, napisał w odpowiedzi na stek jej bluzgów po tym, jak Daniel ostatnio ją potraktował. „Nie dąsaj się, aniołku. Złość piękności szkodzi".

– Zwariowałeś? – Obie z Kingą patrzyłyśmy na niego jak na schizola. – Powinieneś ją przeprosić chyba albo coś?

Łukasz z uśmiechem wpatrywał się w ekran.

– W ogóle się na tinderowych dziewczynach nie znacie. Trzy… dwa… jeden…

„Ty bezczelny gnojku!" – Wyskoczyło na ekranie.

Kinga patrzyła na ekran jak na Świętego Graala.

– Niebywałe. Czemu ona dalej z nim gada?

Łukasz zaśmiał się i położył palce na klawiaturze.

– Musi być dobry w te klocki, a ona pewnie nie zamierza wyjść za niego za mąż.

– Hm… dobra. Polecimy po całości: „Oboje wiemy, że to lubisz. Za pół godziny u mnie. Włóż coś ładnego".

Kinga pokręciła głową.

– Przegiąłeś.

– Nie czytałaś, co on jej pisał? Ja się tylko wpisuję w konwencję.

– Najwyraźniej przekozaczyłeś.

Kinga pokazała mu emotkę „fuck you", która wyświetliła się na ekranie.

– Założysz się? – Łukasz wstał z krzesła. – Chodźcie, jedziemy.

* * *

Nadal byłem sam w celi. Raczej nie wierzyłem w takie przypadki, najwyraźniej „Zimny" uruchomił jakieś kontakty, żeby mi to zapewnić. Zacząłem powoli analizować całą sytuację. SMS, lalka, oskarżenia Krotnickiego... Nie było najmniejszego problemu, by dowiedział się, kiedy miałem służbę ani kiedy byłem w mojej szkole. Nie było jednak najmniejszych szans, by połapał się, kiedy byłem u Marysi. Chyba że miał coś wspólnego z tą lalką, ale nie wierzyłem w zbyt szeroką sieć jego kontaktów. Skoro wrabiał mnie w handel bronią, którym sam się zajmował, to najwyraźniej sypał całą swoją grupę. To nie przysparza specjalnej sympatii ani w więzieniu, ani poza nim. No i z pewnością nie było szans na przebywanie na mojej siłowni.

Podszedłem do okna. Z całych sił starałem się wyciszyć wszystkie myśli. „Nie ma twardych ludzi, są źle albo dobrze przygotowani" – tak uczyli nas w wojsku. To prawda. Doskonale wiedziałem, jak ludzie zachowują się w sytuacjach skrajnie stresowych. Nieraz widziałem, co może stać się z normalnym człowiekiem, kiedy zmuszony jest zmywać z siebie krew swojego kolegi. Co może stać się z jego psychiką. Jak to może wpłynąć na działania i poglądy. Ludzie dzielili się na miękkich i takich, których po prostu nie uderzono we właściwe miejsce.

***

Siedzieliśmy jak na szpilkach. W końcu równiutko po półgodzinie od otrzymania wiadomości rozległ się dźwięk domofonu.

– *Who is your daddy now?*

Łukasz uśmiechnął się triumfująco i podszedł do drzwi. Zwolnił zamek, nie mówiąc ani słowa. Kinga pokręciła głową.

– Jezu, tracę wiarę w swoją płeć.

– Spadaj do łazienki, Maryśka. Skoro cię tu widziała, to bez ciebie lepiej nam pójdzie.

Wskoczyłam do łazienki i przytknęłam oko do dziurki od klucza. Łukasz zbliżył się do drzwi z szerokim uśmiechem i otworzył je.

– Łukasz Zimnicki. Prokuratura Okręgowa w Gliwicach – powiedział. – Zapraszam.

Po chwili małolata weszła do środka, patrząc na nich z otwartą buzią.

– Ale… – wyrztusiła.

– Nazywam się Kinga Błońska i jestem obrońcą Daniela… – zaczęła Kinga.

– Jakiego Daniela?

Najwyraźniej nie wybrał jej ze względu na błyskotliwy intelekt.

– „Siwego". Został niesłusznie oskarżony. Tylko pani może mu pomóc.

Łukasz mówił do niej językiem i tonem charakterystycznymi dla *Prawa Agaty*. Widziałam, jak Kinga wywraca oczami, ale byłam pewna, że obrał dobrą taktykę. Małolata już była wpatrzona w niego jak w obrazek.

– Wiemy, że spotkał się z panią dwudziestego piątego lutego, czy będzie pani skłonna to zeznać w prokuraturze?

– A muszę?

– Raczej tak, za składnie fałszywych zeznań grozi do ośmiu lat. – Zrobił współczującą minę. – A szkoda byłoby tak ślicznej młodej dziewczyny…

Kinga za jej plecami pokazała mu środkowy palec, ale nie wypadł z roli.

– No, oczywiście… Dla pana to zeznam.

Miałam wrażenie, że Sara zapomniała o Danielu, chwilowo zauroczona moim bratem.

– Świetnie. Czy mogę prosić pani dowód?

Łukasz złamał wszystkie możliwe procedury, ale nie sądzę, by panienka miała o nich jakiekolwiek pojęcie. Niewiele ryzykował.

Sara wyjęła dowód i podała mu.

– Czy ma pani możliwość sprawdzenia, czy spotkała się pani z nim też w któryś z tych dni?

Kinga pokazała jej zakreślone daty, kiedy Łukasz spisywał dane.

– Hm, sprawdzę na fejsie. – Sara wyjęła komórkę i zaczęła ją przeglądać. – Ooo, mam! Drugiego marca byłam z dziewczynami na rynku. Oznaczyłyśmy się. Pamiętam, że spotkałam go tam przypadkiem. Potem przyszliśmy tu.

– O której?

– Około dwudziestej.

– Bardzo, bardzo pani dziękujemy. – Łukasz podał jej dowód i delikatnie skierował ją w stronę wyjścia. – Jesteśmy pewni, że „Siwy" będzie bardzo zobowiązany i jakoś się odwdzięczy, kiedy tylko wyjdzie – powiedział, zamykając drzwi za gówniarą.

– Po moim, kurwa, trupie! – rzuciłam, wychodząc z łazienki. – Czemu tak szybko ją spławiłeś?

Kinga roześmiała się jak wariatka.

– Stara dewiza twojego brata: Zaliczyć i zapomnieć.

– Z czego się cieszycie? Zanim prokurator dopuści dowód z jej zeznań, miną dwa miesiące. Wcale nie musi jej uwierzyć.

– Nie jest nam potrzebna. – Łukasz popatrzył na Kingę. – Mała, jak ty ją uczysz?

– Jest zdolna w cywilu. Dlatego odpuszczam jej, że karnie lekko niedojebana.

– Możecie mi powiedzieć, o co wam chodzi?

– Patrz i się ucz. – Łukasz wyjął telefon i wybrał jakiś numer. – Monitoring z rynku i okolic. Z drugiego marca od dwudziestej. Na już.

22 czerwca 2015 roku

Wszedłem do jednostki i udałem się po sprzęt. Byłem niesamowicie wykończony i jeszcze bardziej wkurwiony. Tak jak obiecałem „Zimnemu", nie ćpałem równo od tygodnia. Nie miałem tylko pomysłu, jak to wszystko ogarnąć. Byłem podminowany, niestabilny, ciągle się z nią kłóciłem. Najgorsze było to, że nie mogłem wytłumaczyć jej, dlaczego pozostawiony przez nią na umywalce wacik doprowadzał mnie do białej gorączki. Cena odwyku na własną rękę.

– Mówię wam, towar pierwsza klasa. Blondi, cycki co najmniej E. Zawód wybrała pewnie tylko po to, żeby się pierdolić z bandytami... – usłyszałem Krotnickiego, który właśnie pobierał sprzęt.

Zaczynałem podejrzewać, o kim mówi i poczułem, że tracę nad sobą panowanie. Podszedłem nieco bliżej. On opowiadał dalej:

– Jestem pewny, że mi da. Pogadam z tym mecenasem, żeby wysyłał ją na wszystkie moje sprawy... To stary gnojek, na pewno go przekonam. Lubię takie, które zgrywają niedostępne. Potem się sypią i wychodzi ich prawdziwa natura.

Usłyszałem wybuch śmiechu kumpli i choć zdawałem sobie sprawę, że nie mogą wiedzieć, że Krotnicki mówi o Marii, to i tak poczułem, że go zapierdolę.

– Zrobiłem suce zdjęcie, jak wsiadała do auta. Patrzcie na tę dupę – powiedział i wyjął telefon.

– O stary. – Karol popatrzył na niego ze współczuciem. – To dziewczyna „Siwego". Nie masz szans.

Krotnicki stał do mnie tyłem, więc nie widział, że byłem od niego o krok.

– Najwyraźniej niespecjalnie wierna... Odniosłem wrażenie, że chętnie by mi... – zaczął, po czym obrócił się w moją stronę, najwyraźniej zauważywszy miny kolegów.

– By ci co? – zapytałem jeszcze spokojnie.

Uśmiechnął się cwaniacko.

– Obciągnęła.

W tym właśnie momencie wyjebałem mu z całej siły w ryj. Upadł na ziemię. Leżał, plując zębami i krwią. Kopałem go, póki Karol mnie nie odciągnął.

* * *

Kompletnie nie rozumiałam, co się z nim dzieje. Od kolacji u rodziców zachowywał się jak stuknięty. Robił awantury Bóg wie o co. Samopoczucia nie poprawiał mi fakt, że dodatkowo się rozchorowałam. Dziś rano cierpliwie czekałam, aż skończy się drzeć, a potem bez słowa wyszłam z domu. Pierdolnęłam drzwiami tak mocno, że pewnie obudziłam połowę bloku, ale miałam to gdzieś. Kiedy tylko dojechałam do kancelarii, znów pobiegłam puścić pawia.

– Szefie, czuję się koszmarnie. Chyba mam grypę żołądkową – wystękałam, wychodząc z łazienki.

Mój patron popatrzył na mnie z niepokojem.

– Sio. Wszystkich mi pani pozaraża – powiedział, po czym uciekł do gabinetu.

Wsiadłam do samochodu i ledwo dojechałam do domu, zahaczając po drodze o aptekę. Pobiegłam po schodach do mieszkania i ledwo zdążyłam do łazienki. Później opłukałam twarz, umyłam zęby i sięgnęłam do torebki... Żarty się skończyły, muszę się dowiedzieć...

***

Karol czekał na mnie przed drzwiami gabinetu dowódcy.

– I co? – zapytał na mój widok.

– Wylatuję – powiedziałem przez zęby.

– I tak kończy ci się kontrakt.

– Właśnie tak zapiszą, że odchodzę ze względu na koniec kontraktu. Krotnicki zgodził się, kiedy dowódca dał mu do zrozumienia, że może zacząć przyglądać się uważniej jego rozlicznym postępowaniom.

– Dobrze, że tego chuja nikt nie lubi i dowódca wstawił się za tobą. Przeżyjesz. Będziesz po prostu w Blacku troszkę przede mną. Przetrzesz szlaki.

– Niby tak, ale pogadamy o tym kiedy indziej. Muszę jechać do domu, bo inaczej podpalę tę pierdoloną jednostkę.

Byłem nieprzytomnie wściekły. Na siebie. Jak mogłem dać się tak sprowokować? W wyobraźni już widziałem minę Radka, kiedy się o tym dowie. I zawiedziony wzrok Marysi, której obiecałem, że oleję Krotnickiego. Miałem niesamowitą ochotę na kreskę. Z pewnością ogarnąłbym nieco myśli. Wsiadłem do auta i podjechałem pod blok. Szukając wolnego miejsca, zauważyłem jej auto na parkingu. Coś było nie tak, Marysia powinna być w pracy. Wbiegłem po schodach i wparowałem do mieszkania.

– Co się dzieje? – zapytałem, widząc, że wychodzi z łazienki blada jak ściana.

– Lepiej usiądź – wyszeptała.

– Ty też. Muszę ci coś powiedzieć.

Usiadła naprzeciwko mnie.

– Zaczynaj.

Zrelacjonowałem jej wszystko.

– Zacznę Blacka wcześniej. I tyle.

Starałem się zachować pewność siebie, mimo iż widziałem w jej oczach, że znów ją zawiodłem.

– Nie zaczniesz.

Podała mi coś, co ściskała w ręce, kiedy jej to wszystko opowiadałem, i rozbeczała się.

Wziąłem do ręki test ciążowy i tępym wzrokiem wpatrzyłem się w dwie kreski.

***

– Jesteś w ciąży?

– Nie, kurwa, trzymam kredens – warknęłam z wściekłą miną i stanęłam nad nim. Boże, co myśmy narobili. Czułam się, jakby cegła spadła mi na głowę. Nie mam na to teraz czasu, sił ani… chęci. Mam przed sobą aplikację, kolokwia, muszę chodzić do sądu. Boże, przecież ja w zasadzie nawet nie lubię dzieci. Jestem za młoda na to, żeby zostać matką.

– Myślisz, że to dobry czas? – Podniósł na mnie przerażony wzrok. – Przecież bierzesz tabletki…

Najwyraźniej miał takie same wątpliwości jak ja. Nigdy nawet o tym nie gadaliśmy. Temat był dla nas równie abstrakcyjny jak imię dla polskiego lotniskowca. Mimo że myślał dokładnie o tym co ja, poczułam, że hormony znów biorą nade mną górę. Chyba mi niczego nie sugeruje?

– Najwyraźniej coś nie zadziałało… Skąd mam, kurwa, wiedzieć… Zaplanowałam to? – Popatrzyłam na niego z furią i rozbeczałam się. Co się ze mną dzieje?

– Nie, przepraszam. Kompletnie nie myślę. – Daniel wstał i mimo że chciałam się wyrwać, mocno mnie objął. – Damy radę.

– Ciekawe jak? Właśnie wyleciałeś z pracy, a ja zarabiam tysiąc sześćset złotych. Przecież nawet nie wniosę tu wózka. Mamy absokurwalutnie przejebane.

– Co do roboty, to zaraz coś wymyślę, nie miałem z tym problemu od osiemnastego roku życia. Co do wózka, to trzeba się brać za ten dom, o którym wiecznie jęczysz.

– Daniel… nie bądź niepoważny.

Patrzyłam na niego z przerażeniem, ale jednocześnie z nadzieją, której mi brakowało. Liczyłam, że weźmie to na klatę. Czułam się kompletnie zagubiona. Potrzebowałam kogoś, kto zdecyduje za mnie, co dalej robić. Zawsze to ja byłam najmłodsza w rodzinie. Otaczana opieką, ubóstwiana. Kiedy pomyślałam, że mam być za kogoś odpowiedzialna – i to do końca życia – robiło mi się słabo.

– Nic się nie martw. Ogarnę to. – Uśmiechnął się szeroko. – Ty lepiej martw się o Brajanka albo Nikolę.

Wybuchnęłam dzikim śmiechem, jednocześnie połykając łzy.

– Po moim trupie.

– Umów się do lekarza, dobra? Ja idę porozglądać się za jakąś pracą.

Kciukiem otarł mi łzy z policzka.

***

– To już? – Witek patrzył na mnie z uśmiechem. – Szybko ci poszło z tym wojskiem. Rok, kurwa.

– Tak wyszło. Dalej masz zapotrzebowanie?

– Mam. Masz szczęście.

– To ty masz. Pod warunkiem, że hajs będzie się zgadzał.

– Stratny nie będziesz. Duże ryzyko, duża zabawa czy coś lajtowego na początek?

– Nie mam czasu na nic lajtowego – powiedziałem, czując, że zaraz ból rozjebie mi łeb. Nie nadążałem za tym, co się dziś działo…

– Aaa, śpieszy ci się?

Witek wskazał mi prywatną salkę w Prozacu. Wszedłem do środka. Przy stoliku siedział „Bolo" i gapił się w laptopa. Na monitorze leciało lesbijskie porno.

– „Bolo", to jest „Siwy". „Siwy" – „Bolo".

Podałem rękę koksowi, który nadal patrzył się w monitor.

– Pewny? – spytał „Bolo" Witka.

– Tak.

Dopiero wtedy oderwał wzrok od komputera i podał mi rękę.

– To na dzień dobry mały sprawdzian. Musimy jechać do takiej jednej dyskoteki w Pszczynie pogadać z tamtejszymi chłopakami. Strasznie sadzą się na nasz teren. Będzie grubo.

– Okej – powiedziałem obojętnie. – Za ile?

„Bolo" uśmiechnął się, wysypując white'a na stolik.

– Za chwilę.

Wyjąłem portfel i zanim zastanowiłem się, co robię, zwinąłem stówę w rulon.

Miesiąc później

– Dzień dobry.

Pocałowałam Daniela w policzek i postawiłam na stoliku kawę. Otworzył jedno oko.

– Brrrr! – wymamrotał.

Położyłam się na nim. Syknął z bólu.

– Co ci jest? – zapytałam i odsunęłam kołdrę. Na brzuchu miał ogromny siniak.

– Dorabiam trochę w klatce.

Zerwałam się na nogi.

– Pojebało cię?

– Maria. Nie ma czasu na dyrdymały. Ile na tej ochronie wyciągnę? Im szybciej zarobię na szkołę i dom, tym prędzej z tym skończę. Otwórz torbę.

Podeszłam do torby i wyjęłam z niej reklamówkę. W środku były… cztery owinięte banderolami pliki banknotów.

– Czterdzieści tysięcy złotych? Za walkę w klatce? Jak to możliwe?

– Część za walkę, a część z zakładów.

Spojrzałam na niego jak na wariata.

– Obstawiasz?

– Tak. Stawiam na siebie.

Uśmiechnęłam się.

– Nie masz problemów z arogancją, co?

– Ja nie mam żadnych problemów. – Wstał z łóżka. – Muszę lecieć, mam do załatwienia kilka spraw. Weź tę kasę i opłać projekt, i zapłać pierwszą ratę firmie budowlanej.

Pocałowałam go.

– Tak jest, panie żołnierz.

***

Wersja dla Marysi obejmowała tylko klatkę i ochronę. Nie wspomniałem o swoich układach z „Bolem". Jako że Ciszewski został chwilowo oddelegowany do jakichś interesów na drugim końcu Polski, pracowałem bezpośrednio pod nim. Kompletny pojebaniec. Żeby jako tako wytrzymać w tym chorym towarzystwie, zwiększyłem dawkę dragów. Dziennie spokojnie wciągałem dwa gramy. Zignorowałem hejnał w głowie, że to wszystko wymyka mi się spod kontroli, i zaliczyłem kolejną kreskę. Potem wyszedłem z samochodu i już miałem wchodzić do Prozaca, kiedy zobaczyłem, że coś się dzieje w uliczce obok. Cofnąłem się. Trzech kolesi kopało jednego, który leżał na ziemi. Nie moja sprawa – już prawie wycofałem się, gdy jeden z nich podniósł na mnie wzrok.

– Na chuj patrzysz, leszczu? – zapytał.

Prawie wybuchnąłem śmiechem. Oj, biedaku, źle trafiłeś. Szybkim ruchem przechyliłem głowę w lewo i prawo. Na bardziej rozbudowaną rozgrzewkę nie było czasu.

– Do mnie mówisz? – upewniłem się, podchodząc bliżej.

– Do ciebie.

Gówniarze zostawili tego, który leżał na ziemi, i obrócili się w moją stronę. Jakieś dresy. Nie kojarzyłem ich. Szybki szpil, pomyślałem, strzelając w łeb pierwszego. Wtedy usłyszałem dźwięk policyjnej syreny. Kurwa mać.

* * *

– Zapomniałeś kluczy? – Otworzyłam z uśmiechem drzwi, ale zamiast Daniela zobaczyłam Radka. – Co się stało? – spytałam, widząc jego niewesołą minę.

Wpakował się do środka.

– Musimy poważnie porozmawiać. O Danielu.

Przestraszyłam się.

– Wszystko z nim w porządku?

– Nie. – Radek usiadł na krześle. – Zatrzymano go za na udział w bójce.

Ja też usiadłam.

– Opowiadaj.

Starałam się nie panikować.

– Nic poważnego, twój brat zaraz go z tego wymiksuje.

– To czemu mnie straszysz?

– „Zimny" mi powiedział, że zrobili mu testy z krwi. Był pod wpływem amfy.

Zaśmiałam się.

– O czym ty gadasz!? Daniel nie zażywa narkotyków.

– Aha. – Radek rozparł się wygodnie. – I nigdy nie brał?

– Oczywiście, że nie. Powiedział mi, że to nie dla niego. Przecież trenuje.

– A opowiadał ci też o tęczowych jednorożcach na błękitnej łące w Nibylandii? – Patrzył na mnie jak na idiotkę. – Daniel miał już w przeszłości poważne problemy z white'em. Potem jednak trafił do wojska i rzeczywiście przestał. Robili im okresowo badania krwi. Najwyraźniej teraz wraca do starych nawyków.

– O czym ty do mnie mówisz?

Wstałam za szybko i od razu złapałam się stołu, bo zakręciło mi się w głowie. Radek błyskawicznie doskoczył do mnie i pomógł mi usiąść. Patrzył na mnie z niepokojem.

– Co ci jest?

– Jestem w ciąży – odpowiedziałam bez namysłu.

***

Wszedłem do mieszkania, zastanawiając się, jaką ściemę powiedzieć Marysi, ale zamarłem w progu. Siedziała przy stole i patrzyła na mnie jak na gówno. Obok siedział Radek i miał dokładnie takie samo spojrzenie.

– Które zaczyna?

Przybrałem pozę sarkastycznego cwaniaka. Tak było najłatwiej.

– Daniel, jak mogłeś mnie tak okłamać?

– Wiedziałem, że ty...

Opadłem na krzesło.

– No, co masz mi do powiedzenia?

Wstała, wyraźnie poirytowana. Przypomniałem sobie, że teraz nie może się denerwować.

– Przepraszam cię, Maria. Po prostu za dużo miałem na głowie. Panuję nad tym.

– Nad narkotykami panujesz? Słyszysz się?

Zła taktyka. Musiałem ją uspokoić. Wiedziałem, że to nie jest pora na odwyk. Zrobiłem zbolałą minę...

– Dobrze. Masz rację. Rzucę to.

– To takie proste? To czemu wcześniej tego nie zrobiłeś, zamiast robić ze mnie idiotkę?

– Bo to wiele ułatwiało – powiedziałem szczerze i od razu zacząłem kombinować, jak teraz będę musiał się bardzo pilnować. Będzie sprawdzać, co jem, ile śpię. Trudno. Cena nonszalancji i braku ostrożności. Podszedłem do szafy i wyjąłem skrzynkę z narzędziami, a z niej dwudziestogramowy woreczek strunowy. – Masz. – Podałem Radkowi. – Wyjeb.

Marysia patrzyła na mnie z uporem.

– Powinieneś iść na odwyk.

– Już raz poradziłem sobie sam, mój brat pewnie ci o tym powiedział.

– Powiedziałem. – Radek wstał. – Jak złapię cię jeszcze raz na ćpaniu, to wsadzę do pierdla.

9 maja 2017 roku

Kinga triumfalnie wskazała na wyraźnie widocznego na monitorze Daniela.

– Jest.

– No i pięknie. – Łukasz zatrzymał odtwarzanie. – Co dalej?

– Lecę z tym prosto do tego barana i wnoszę o uchylenie aresztu. Myślę, że nie będzie chciał się błaźnić przed sądem.

– Dobra. Zadzwoń i daj znać, co uzyskałaś.

Sięgnęłam po torebkę.

– Jadę z tobą.

– Masz spotkanie. Z Olsztyńskim. Za... – Kinga popatrzyła na zegarek. – Za dwie godziny.

– O kurwa, na śmierć o tym zapomniałam!

– Nie zrobiłaś mu tej analizy?

Na szczęście nienawidziłam odkładania spraw na później.

– Zrobiłam od ręki i zdążyłam już o tym zapomnieć. Muszę tylko polecieć do sądu, sprawdzić w księgach papiery, których mi nie przesłał. Spoko, załatwię to szybko. Zanim Daniel wyjdzie, będę już pod aresztem.

Chwyciłam torebkę i wybiegłam z mieszkania.

Jeszcze na schodach zadzwoniłam do Wydziału Ksiąg Wieczystych Sądu Rejonowego w Gliwicach. Powołując się na Kingę i na prowadzoną przez nas sprawę, poprosiłam o dostęp do akt. Kilkanaście minut później zaparkowałam samochód przed starym zdezelowanym czołgiem stojącym naprzeciwko sądu. Wbiegłam do czytelni i odebrałam akta. Wczytałam się w umowy. Większość to były stare niemieckie papiery. Sfotografowałam je i przesłałam mailem do tłumaczenia. Będę musiała poradzić sobie bez nich. Potem pojechałam do domu, żeby się przebrać. Otworzyłam pilotem bramę i wjechałam do garażu. Stało tam auto Kamila. Jeszcze on mi teraz potrzebny do szczęścia, pomyślałam z rezygnacją, ale cóż... I tak musiałam umówić się z nim na poważną rozmowę. Otworzyłam drzwi z garażu do przedpokoju i w tym momencie poczułam silne uderzenie w tył głowy, a potem ogarnęła mnie ciemność.

***

Wsiadłem do audi „Zimnego" zaparkowanego przed bramą pierdla.

– Czemu wita mnie najbrzydszy z ekipy?

– Kinga jest w Katowicach. Marysi chyba przedłużyło się spotkanie z klientem. Tak mi się wydaje, bo nie odbiera telefonu. Jak widzisz, nie tęskniliśmy.

„Zimny" podał mi rękę i odpalił silnik.

– Przyznaj się, że czekałeś, aż wyjdę, chlipiąc w poduszkę.

Czułem się jak na haju. Poczucia odzyskanej wolności nie da się porównać z niczym innym. Mimo że nadal miałem na głowie ogromne problemy, chwilowo nie liczyło się nic innego prócz tego, że mogę iść, gdzie chcę i robić, co chcę.

– To cała ja. Królowa łez.

„Zimny" włączył się do ruchu na ulicy Wieczorka i skręcił w stronę swojego domu. W tym momencie rozbrzmiał dźwięk jego telefonu. Kiedy zobaczył, że to Radek, odebrał na głośnomówiącym.

– Zgadnij, kogo mam w aucie? – zapytał zamiast powitania.

– Sashę Grey.

– Lepiej – włączyłem się do rozmowy.

– Dobrze, że jesteście obaj. – Głos Radka brzmiał poważnie. – Zapierdalajcie do szkoły Daniela. Dostałem cynk z KMP, telefon logował się przed chwilą w sieci w pobliżu twojej szkoły. Wklepcie „gwiazdka krzyżyk zero sześć krzyżyk" i zadzwońcie do mnie z tym, co wyniknie, to sprawdzimy.

„Zimny" rozłączył się i błyskawicznie zawrócił. Dziesięć minut później wysiedliśmy przed szkołą. Dochodziła czternasta, nie mogło być za wielu ludzi. Otworzyłem drzwi i błyskawicznie oceniłem sytuację: kilka osób. Żadna z telefonem w ręce. To jeszcze o niczym nie świadczyło – wystarczyło, że mieli komórki ze sobą. Wszedłem do biura i zobaczyłem siedzącego przy moim biurku Przemka. Spojrzał na mnie kompletnie zdziwiony. Wyrwałem mu telefon i wklepałem *#06#. Wyświetlił się numer IMEI: pokazałem go „Zimnemu", który już dzwonił do Radka.

– Panie Radosławie, będę strzelał: trzy, siedem, jeden, pięć... – podyktował, po czym zamilkł i się uśmiechnął. Zorientowałem się, że Radek dyktuje mu dalsze cyfry. Trafiony, zatopiony. „Zimny" rozłączył połączenie.

– Chyba musimy pogadać... – Złapałem Przemka za fraki i z całej siły rzuciłem nim o ścianę.

– „Siwy", przepraszam – jęknął błagalnie, kiedy zacząłem się do niego zbliżać.

– Ależ nie ma za co! To na czym skończyliśmy? Twierdziłeś, że mam ładną córkę, mimo że jest do mnie podobna... Masz jeszcze jakieś komplementy w zanadrzu? – zapytałem, zaciskając rękę na jego szyi. – Dawaj, chętnie się z „Zimnym" pośmiejemy. Ostatnio mam raczej smutaśny czas. – Patrzyłem, jak robi się purpurowy, i nie puszczając jego gardła, z całej siły uderzyłem go w brzuch.

– Teraz może być mu ciężko odpowiedzieć – wtrącił „Zimny".

– Oj tam, oj tam. Przecież taki był z niego kozak przez telefon – powiedziałem, ale puściłem Przemka i cofnąłem się o krok.

– Zgłosił się do mnie jakiś facet. Wiedział, że się znaliśmy. Kazał mi cię obserwować. Codziennie musiałem mu wysyłać mailem twój grafik dnia, twoje zwyczaje, wszystko, co robisz, w jakich godzinach i gdzie bywasz.

– Masz cichego wielbiciela – zaczął „Zimny". – Od kiedy? – zwrócił się do wystraszonego Przemka.

– Od stycznia.

Ja pierdolę. Ta heca najwyraźniej zaczęła się, zanim Marysia pozwoliła mi spotykać się z Niną.

– Tego SMS-a też on kazał wysłać – dorzucił Przemek, nadal trzymając się za gardło.

Znów zbliżyłem się do niego.

– Ile ci zapłacił?

– Dwadzieścia tysięcy złotych. Ale oprócz tego… dostałem na maila to. – Pokazał mi na komórce zdjęcia jakiejś starszej pary i ładnej brunetki. – To moi rodzice i dziewczyna. Kolejny mail wyglądał tak.

Podsunął mi telefon: identyczne dwa zdjęcia, z jedną drobną różnicą. Wszyscy mieli na czołach czerwone światełko celownika snajperki.

***

Ocknęłam się, bo ktoś klepał mnie po policzku. Otworzyłam oczy i spojrzałam na faceta w czarnej kominiarce.

– Dzień dobry, słoneczko – powiedział zniekształconym przez jakąś aparaturę głosem, po czym odsunął się i pokazał mi przywiązanego do krzesła Kamila. Był bez koszulki, w ustach miał knebel. Przerażonym wzrokiem wpatrywał się w coś, co stało na stole. Zobaczyłam tam klatkę, w której były dwa szczury, i metalowe wiadro. Oglądałam *Miami Vice*, więc wiedziałam doskonale, do czego służy ten zestaw. Rzuciłam przerażone spojrzenie na faceta w kominiarce.

– Nie lubię damskich bokserów – znów dobiegł mnie jego dziwny głos. – Zaraz będę się dobrze bawił. Chyba że ty chcesz, ślicznotko?

– Czego ode mnie chcesz? – wyjąkałam przez suche jak wiór usta.

– Będziemy grać w grę. Fajną. Jej efekty będziemy pokazywać twojemu chłopakowi, który za niewinność siedzi w pierdlu. Oczywiście nie będzie mógł z tym nic zrobić, a przecież tego najbardziej nie lubi... Kiedy mi się znudzi to wszystko, pozwolę mu wyjść i wtedy zabawimy się już w ganianego. A na koniec go zabiję.

Mówił to takim tonem, jakby relacjonował mi plany na wakacje. Zorientowałam się, że mam do czynienia z kompletnym psychopatą.

Nie spuszczałam z niego wzroku.

– Kim jesteś?

Nie zdążył odpowiedzieć, a może nawet nie zamierzał, bo zadzwonił jego telefon. Stara nokia. Oczywiście, taką najtrudniej namierzyć.

Odebrał bez słowa, po czym zmarszczył brwi.

– Trudno. Dziękuję za informację. Dzwoń do Przemka, powiedz mu, że ma włączyć telefon. Od razu! Dopilnuj, by policja tego nie przeoczyła. Nie wiem jak, kurwa! Jak trzeba, to zadzwoń do nich, podaj się za przedstawiciela sieci. Masz łeb i chuj, to kombinuj.

Odłożył telefon na stolik.

– Wkurwiacie mnie coraz bardziej. Jak go wyciągnęliście?

Popatrzyłam na niego i uśmiechnęłam się bezczelnie. On od razu wziął do ręki wiadro, a potem sięgnął do klatki.

– Łukasz zamówił monitoring z jednego z tych dni. Daniel był na rynku – powiedziałam błyskawicznie, cały czas patrząc na przerażonego Kamila.

Porywacz nadal trzymał ręce przy klatce.

– No widzisz, jaka jesteś bystra.

– To ty powiesiłeś lalkę?

Nie mogłam nie zapytać. Widziałam, że mam do czynienia z osobą chorą psychicznie, ale starałam się łapać najmniejszej nawet nadziei. Dowiedzieć czegokolwiek, cokolwiek uporządkować…

Zaśmiał się. Przez ten dziwny instrument zniekształcający brzmiało to upiornie.

– Nie ja, twój mąż. Potrzebowałem, żeby przekazał mi kilka niezbędnych informacji. Najpierw udzielał ich chętnie i dobrowolnie, ale potem biedaczyna przestał sobie z tym radzić. Dobry z niego chłopak, wiesz? Tacy zwykle trafiają na zołzy. Takie jak ty.

Facet wyjął Kamilowi z ust knebel i rozkazał krótko:

– Opowiedz jej.

Popatrzyłam na przerażonego Kamila.

– Maria, przepraszam. W styczniu poznałem jednego faceta. Pokazał mi fotki zrobione w domu twoich rodziców, kiedy spotkałaś się z Danielem. Wiesz, co na nich było?

– Wiem – powiedziałam i mimo woli przymknęłam oczy ze wstydu. To dlatego Kamilowi tak odbiło. Dlatego cały czas pił i robił awantury, a nawet kilka razy mnie uderzył.

– Powiedział, że jest z policji, że pracują nad „Siwym", który jest zamieszany w jakieś ciemne interesy. Wylegitymował się nawet. Oznajmił, że mam rozmawiać tylko z nim. Z nikim innym, bo nie mam przecież pojęcia, kto może znać Radka, a on z pewnością ostrzegłby brata. Za moją współpracę Daniel miał zniknąć z naszego życia. Wszystko miało wrócić do normy.

Kamilowi łzy popłynęły po twarzy.

– Wytrzeć nosek? – zapytał facet w kominiarce.

Ogarnęła mnie nieprzytomna wściekłość. Chciałam jakoś wesprzeć Kamila.

– Rozumiem cię, Kamil. Naprawdę. Dopiero teraz kumam ostatnie pół roku.

Czułam się parszywie. Ostatnie miesiące odbierałam jako karę za to, że zniszczyłam Kamilowi życie. Za to, że wyszłam za niego tylko po to, by wkurwić Daniela. Za to, że byłam bezwzględną egoistką. Odczuwałam wręcz ulgę, kiedy przestał być tak kurewsko cierpliwy i odpowiadał na moje wieczne marudzenie awanturami. Dlatego kiedy po pijaku zdarzyło mu się mnie szarpnąć, nie skarżyłam się Łukaszowi.

– Nie mogłem sobie z tym poradzić. Dlatego tyle piłem. Meldowałem o wszystkim, kiedy Daniel u nas był, kiedy znowu się zjawi… Już rozumiesz, dlaczego chciałem, byś zawsze uprzedzała mnie o jego wizytach? Ściemniałem, że nie chcę być wtedy w domu, ale to nie tak… Te informacje przekazywałem dalej. Przepraszam. To ja zabrałem sukienkę Niny. Była w niej tego dnia, kiedy… spotkaliście się u rodziców. Powiedział mi, że to wykorzysta. Tyle razy chciałem ci powiedzieć… ale bałem się. Bałem się, że do niego wrócisz. Co przecież właśnie się stało.

– Dobra, koniec tego dobrego. Widzisz, jakiego masz, kurwo, kochanego męża? A ty dalej w tym głupim łbie tylko: „Siwy" i „Siwy". To teraz, skoro już wiesz, że znów załatwiłaś chłopaka i to na cacy, przeczytaj tekst do kamery. Tak, żeby uwierzył. Bo inaczej będzie go czekało jeszcze naprawdę dużo cierpienia.

Włożył Kamilowi knebel, otworzył klatkę, wyjął szczura i wrzucił go do wiadra. A potem podszedł do kamery i ustawił ją na moją twarz. Obok niej powiesił kartkę.

Spojrzałam na tekst, z którego kompletnie nic nie rozumiałam.

***

– Ktoś cię naprawdę nie lubi. Strasznie dużo zachodu, strasznie dużo pieniędzy… Krotnicki miałby takie dojścia? – zapytał „Zimny", kiedy tylko wyjebałem Przemka z klubu.

– Nie wiem. Wątpię.

Myślałem cały czas o snajperce i przed oczami widziałem tylko Irak. Ilu ludzi tak zabiłem? Starałem się nie dopuszczać do siebie tych myśli. To była rzecz, która mogła mnie pociągnąć znów na samo dno.

– Trzeba go zapytać – powiedział „Zimny" i wyjął telefon. SMS od Marysi: „Przyjeżdżajcie szybko do domu".

– Wie, że wyszedłem? – zapytałem automatycznie.

– Nie wie.

Poczułem, jak cały się spinam.

– Ruszamy, coś jest nie tak. Pytałaby przecież o mnie.

– Poczekaj, najpierw do niej oddzwonię.

Niemal wypchnąłem go z biura.

– Dzwoń, idąc.

Ruszyliśmy do samochodu. Marysia nie odbierała. Miałem bardzo, ale to bardzo złe przeczucia. Wbiegliśmy do domu i obydwaj stanęliśmy jak wryci. W salonie siedział Kamil. Przywiązany do krzesła. Miał potworne rany na brzuchu, wygryzione przez szczury. Obok stało wiadro z poczerniałym dnem. Poznałem starą metodę, podpalenie dna przytkniętego do brzucha wiadra, w którym są dwa szczury… Metalu nie przegryzą. Ciało tak. Prawie zrzygałem się na podłogę. „Zimny" oparł się ręką o ścianę. Podszedłem bliżej.

– To była pokazówa dla kogoś. Nie szczury go zabiły. Ma kulkę w głowie.

Nigdy nie lubiłem gnojka, ale tego przecież mu nie życzyłem. „Zimny" pozbierał się trochę i podszedł.

– Wzywam policję.

– Czekaj – poprosiłem gapiąc się na stół.

Leżał na nim telefon z karteczką: „Weź mnie". Obok była kamera, włączyłem odtwarzanie.

Z tyłu było słychać tłumione czymś zawodzenie z bólu, a na nagraniu Marysia zaczęła mówić zupełnie nienaturalnym głosem: *„Siwy", za chwilę będę robić bardzo perwersyjne rzeczy. Z uśmiechem na twarzy. Z takim samym, z jakim swego czasu miałam ochotę obciągnąć Krotnickiemu. Miej tego świadomość w każdej sekundzie.* Rozpięła guziki bluzki. Stanął za nią facet w kominiarce i z całej siły złapał ją za szyję, odginając do tyłu. Drugą ręką macał jej piersi. Potem podszedł do kamery i przesłał mi buziaka. Na tym koniec. Obraz zniknął.

***

Po raz kolejny się ocknęłam. Chyba znów mnie uderzył. Nie pamiętałam szczegółów, choć w uszach cały czas dudniło mi zwierzęce wycie Kamila, kiedy recytowałam tekst. Mam nadzieję, że mu odpuścił. Przecież zrobiłam, co chciał. Wydeklamowałam wskazany tekst, choć dopiero za trzecim razem był usatysfakcjonowany moją interpretacją. Nie pamiętałam, co się potem działo. Ręce niemiłosiernie mnie bolały, skrzyżowano mi je nad głową i przypięto kajdankami do belki. Miałam wrażenie, że wypadły ze stawów. Ciężaru nie mogłam przenieść na nogi, bo stałam tylko na palcach.

– Nie wierć się – usłyszałam ten cholerny zmodyfikowany głos.

Uświadomiłam sobie, że trzęsę się z zimna. Nic dziwnego, miałam na sobie tylko bieliznę. Ten skurwiel chodził wokół mnie i robił mi zdjęcia. Nie wiedziałam, gdzie jestem. Miejsce przypominało strych. Okno było zakryte płachtą. Zdechnę tu – pomyślałam. Przed oczami stanęli mi Nina i Daniel. Rozpłakałam się.

– Bardzo dobrze – powiedział z satysfakcją w głosie i zrobił kilka bliższych ujęć mojej twarzy. Wziął marker i napisał coś na moim brzuchu. Potem to również sfotografował. Zamknęłam oczy i modliłam się, by jak najszybciej się to skończyło.

***

– Kurwa – rzucił „Zimny", miotając się po domu.

Czułem zupełny spokój. Tak jakbym wyszedł z siebie i stanął obok. Doskonale wiedziałem, że to nie jest normalne. Po prostu przekroczyłem pewną granicę wrażeń, po której zostawały już tylko dwie drogi – załamać się albo wyłączyć wszystkie emocje. Najwyraźniej mój mózg wybrał drugą opcję.

– Pokurwujesz sobie potem. Skup się teraz. Ten tekst, który Marysia powiedziała o Krotnickim, jest kompletnie bez sensu. Nienawidziła go jak psa. On powiedział dokładnie to samo, kiedy dałem mu w mordę. Przez to poleciałem z wojska. Musiał to komuś przekazać.

„Zimny" się opanował.

– Jadę do Krotnickiego, siedzi w Bytomiu. Wzywam tu ekipę. Miej pod ręką ten pierdolony telefon i czekaj na jakikolwiek sygnał. Od razu daj mi znać. Uruchomię wszystkie siły, jakie tylko będę w stanie.

– Dobrze.

Usiadłem na krześle.

Łukasz wyszedł, a ja patrzyłem w telefon jak w szklaną kulę. Drgnąłem na widok wiadomości przesłanej Signalem, komunikatorem praktycznie niewykrywalnym przez jakiekolwiek służby.

„Puk, puk. Cześć, Siwy".

„Kto tam?" – odpisałem w podobnym stylu. Już wiedziałem, że mam do czynienia z psycholem. Wielu takich spotkałem na swej drodze. Pokazać mu, że się boisz, to tak jakby od razu zawiązać sobie pętlę na szyi.

„Hipopotam ;) Coś ci zaraz wyślę. Mój człowiek jedzie za Zimnickim, więc nie radzę posyłać tej informacji dalej. W przeciwnym wypadku zrobię z twoją dziewczyną to samo co z jej mężem. PS Nie dziękuj za niego, nie trzeba. Czego się nie robi dla starych przyjaciół".

Pod informacją pojawiła się fotka. Zapłakana Marysia, podwieszona na jakichś wymyślnych kajdankach, w pokoju przypominającym tanią wersję dekoracji do porno z BDSM. Na jej brzuchu czarnym markerem były napisane współrzędne geograficzne. Otworzyłem Mapy Google i odnalazłem te miejsca. Pierwsze mieściło się w Iraku, a drugie w Polsce. Opadłem bezwładnie na fotel, wiedząc, że tym razem nie uda mi się wyjść z tego bez szwanku.

* * *

Podniosłam głowę, kiedy pomieszczenie wypełniły głośne dźwięki muzyki. Przez oszalały ze strachu rozum początkowo nie skojarzyłam piosenki, ale kiedy usłyszałam: „I'm a man who walks alone", od razu wszystko nabrało sensu. *Fear of the dark* Ironów. Ulubiona piosenka Daniela. Nie cierpiał gadać o pierdołach, a ja – jakby na przekór – czułam pokusę, by wydobywać z niego jakieś durne informacje z rodzaju: jaka jest twoja ulubiona piosenka albo za co mnie lubisz? Najwyraźniej całkowicie mi odwalało, bo zaczęłam się śmiać, przypominając sobie jego odpowiedź na drugie z tych pytań: „Za cycki! A za co niby? Charakter masz paskudny".

– Cieszę się, że koleżanka ma ubaw – usłyszałam głos, ale nie dałam rady odwrócić się w jego stronę. Nareszcie pozbawiony modyfikatora. Czułam, że skądś go znam, ale nie byłam w stanie dopasować go do konkretnej osoby. Usłyszałam ciężkie kroki wojskowych butów, a po chwili poczułam, jak ktoś ujmuje moją głowę i kieruje ją w lewo.

– Nie wierzę… – wyjęczałam i poczułam, że osuwam się w ciemność.

31 sierpnia 2015 roku

Wszedłem do domu. Położyłem na stole portfel i klucze. Obok postawiłem kubusia. Był w nim rozpuszczony gram. Wieczorem czeka mnie jeszcze wyprawa z chłopakami na miasto. Mieliśmy pogadać z jakimś facetem, który nie chciał rozliczyć się z „Szarym". Raczej nie byłem w stanie wymuszać haraczy na trzeźwo, co uznałbym za zaletę, gdybym tylko dopuścił takie myśli do swojego przećpanego łba. Rozebrałem się i poszedłem pod prysznic. Marysia miała być za pół godziny. Chciałem zabrać ją jeszcze na obiad, zanim znów wyjdę z domu. Po piętnastu minutach wyszedłem z łazienki, owijając biodra ręcznikiem. Wszedłem do salonu akurat w chwili, kiedy Marysia odstawiała na stół pustą butelkę po soku.

– Jezu, ale miałam ochotę na kubusia. – Uśmiechnęła się do mnie. – Co się stało? – Zapytała, widząc przerażenie na mojej twarzy.

– Szybko, idź do łazienki i to wyrzygaj.

Złapałem ją za rękę i ciągnąłem w stronę kibla. Boże! Czwarty miesiąc ciąży.

– Zwariowałeś? Czemu?

– Szybko, Marysia. Tam był gram amfy.

Nie miałem już nic do stracenia, bo właśnie traciłem wszystko... Musiałem działać i to szybko... W przeciwnym wypadku chyba strzeliłbym sobie w łeb.

Wyrwała mi się i pobiegła do łazienki. Ubrałem się błyskawicznie i czekałem pod drzwiami.

– Jedziemy do szpitala! – rzuciłem, jak tylko wyszła. Chciałem złapać ją za rękę, ale patrzyła na mnie jak na gówno.

– Nie dotykaj mnie! Już nigdy – powiedziała, wkładając bluzę.

W milczeniu wybiegliśmy przed blok i wsiedliśmy do samochodu.

Zerkałem na nią w drodze do szpitala. Jechaliśmy na Kościuszki. Po piętnastu minutach zobaczyłem, że czerwieni się i nienaturalnie przeciąga. Czyli częściowo weszło.

– Kurwa, czuję coś. Daniel, jeśli coś się stanie mojej córce, to cię zabiję. – Nie patrzyła na mnie.

– Naszej – sprostowałem, skupiając się już tylko na drodze. Kurwa, jeszcze jedno czerwone światło i trafi mnie szlag.

– Mojej – powtórzyła z naciskiem.

Wiedziałem, że tym razem mówi zupełnie poważnie.

* * *

Nigdy w życiu tak się nie bałam. Nigdy! Czułam, jak rośnie mi ciśnienie, miałam ochotę coś rozwalić. Nienaturalne uczucie rozpierającej energii. Trzymałam się za brzuch, wchodząc na izbę przyjęć. Milion różnych scenariuszy przebiegało mi przez głowę. Strach, panika, nadzieja, że nic się nie stanie. Błaganie, żeby nic się nie stało. Chyba dopiero w tym momencie uświadomiłam sobie, jak ważna jest dla mnie ta istota, która w zasadzie zupełnie przypadkowo wywróciła moje życie do góry nogami.

Daniel pobiegł po lekarza. Boże, zrobię wszystko, tylko nie pozwól, by coś jej się stało, powtarzałam w myślach jak mantrę. Sama siebie, już na głos, uspokajałam: Będzie dobrze! Musi być!

– Będzie. Obiecuję – odezwał się niespodziewanie Daniel. Chciał wziąć mnie za rękę, ale wyrwałam się energicznie.

– Nie chcę cię więcej widzieć! Już nigdy! Rozumiesz? To wszystko tylko i wyłącznie twoja wina. – Nareszcie mogłam wyrzucić choć odrobinę strachu i złości. – Jak mogłeś?

Patrzył na mnie błagalnie.

– Marysia...

Nie zmięknę. Nie tym razem.

– Nie mów do mnie, ćpunie. Idź stąd! Od początku miałeś rację, nie pasujemy do siebie. Dziś udowodniłeś to ponad wszelką wątpliwość.

Daniel nie zdążył odpowiedzieć, bo podeszła do mnie lekarka.

– Dzień dobry. Nazywam się Aleksandra Bednawińska. Postaram się, żeby wszystko było dobrze. Pani partner zrelacjonował mi, co się stało. Rozumiem, że to był wypadek, ale muszę zawiadomić policję...

– Już wezwałam – skłamałam. Popatrzyłam na nią błagalnie. – Proszę mi pomóc...

– Z tego, co wiem, szybko zareagowaliście. Niech pani będzie dobrej myśli. Proszę za mną. – Lekarka ruszyła w stronę oddziału.

Odwróciłam się do Daniela i wysyczałam:

– Dzwoń po Radka. To ostatnia przysługa, jaką ci wyświadczam.

* * *

– Zostaje na oddziale, będą monitorować funkcje dziecka, a ją nawadniać, żeby wypłukać to gówno. – Radek usiadł na krześle w poczekalni obok mnie. – Normalnie wszcząłbym postępowanie, ale Marysia prosiła, żebym zamiótł to pod dywan. Pod warunkiem, że nie zobaczy cię więcej na oczy.

– Jest zła. Ma o co. Przejdzie jej.

Nie wiem, kogo chciałem przekonać: jego czy siebie.

– Nie przejdzie. Rozmawiałem z nią. Zacięła się. Trudno jej się dziwić. Naraziłeś ją na kompletnie chorą, patologiczną akcję. – Radek popatrzył na mnie z mieszaniną współczucia i wściekłości. – Nie ma takiej rzeczy, której nie jesteś w stanie spierdolić, brat?

Ukryłem twarz w dłoniach.

– Co mam zrobić?

– Na twoim miejscu poszedłbym na odwyk. Może to ją przekona. Będzie miała czas, żeby to przemyśleć.

Trzy miesiące później

Chwilowo mieszkaliśmy u rodziców. Dom powinien być wykończony za miesiąc. Na kilka tygodni przed porodem. Usłyszałam odgłos silnika i błyskawicznie znalazłam się przy oknie. Kurwa, nie wierzę. Miał gnojek tupet. Poszłam do przedpokoju i otworzyłam drzwi.

– Ryś – zaczął, patrząc na mój wielki brzuch. – Przepraszam cię bardzo. Nie jestem w stanie ci wytłumaczyć, jak bardzo mi przykro, ale... ale uporałem się z tym.

– Bardzo się cieszę – powiedziałam oschłym tonem. Nie czuć, nie pamiętać. Wyłączyć emocje.

Nadal patrzył na mnie niepewnie.

– Mogę wejść?

– Po co?

– Chyba powinniśmy porozmawiać – badał ostrożnie grunt.

Zamiast odpowiedzi pokazałam mu prawą rękę. Z obrączką. Od ślubu z Kamilem minęły zaledwie dwa tygodnie.

Patrzył na mnie, ale chyba nie dotarło do niego to, co właśnie zobaczył.

– Coś ty zrobiła?

– Wyszłam za mąż. Nie mamy o czym gadać. Powiedziałam ci, że nie chcę cię więcej widzieć.

Trzasnęłam drzwiami i dopiero później się rozpłakałam.

***

Jechałem jak czubek. Na Rybnickiej miałem spokojnie dwieście na liczniku. Czułem kompletną bezsilność, wściekłość, i rzecz jasna… ochotę na kreskę. Kiedy wjechałem do Gliwic, już wiedziałem, kogo odwiedzę. Jedyną osobę, która miała ze mną kontakt w ośrodku. I która o niczym mnie nie poinformowała! Pojechałem na ulicę Powstańców Warszawy i zaparkowałem tuż pod drzwiami komendy. Zaraz obok toyoty Radka.

„Wyjdź na dwór” – wystukałem SMS-a.

Po chwili zobaczyłem, jak Radek wychodzi przez ciężkie drewniane drzwi i odpala papierosa. Wyciągnął do mnie rękę, ale kompletnie go zignorowałem.

– Miałeś zamiar mi powiedzieć?

Siliłem się na spokój, ale podejrzewałem, że nie będę w stanie długo go utrzymać.

– Nie mogłem. – Cofnął rękę. – Wyszedłbyś z ośrodka.

– Kto to jest?!

– Ten jej pizdowaty kumpel.

– Kamil? – Równie dobrze mógł mi powiedzieć, że wyszła za Karolaka. – Jakim, kurwa, cudem?

– Pocieszał ją, odkąd wyszła ze szpitala. Chciałem z nią pogadać, ale powiedziała mi, cytuję:

„Wyleczyłam się ze skurwysynów". W sumie obraziła też moją mamusię, ale jakoś nie mam do niej żalu.

Wziąłem zamach i wyjebałem mu prosto w ryj. Złapał się za szczękę.

– Lepiej ci? Czy skoczysz na kreseczkę?

Wziąłem kolejny zamach, ale tym razem nie zdążyłem go uderzyć, bo mnie zablokował.

– Sam to spierdoliłeś, Daniel.

– Gdybyś mi powiedział…

– To co? Wyraziła się jasno. Nie życzy sobie, żeby cię informować. Nie istniejesz dla niej. Pogódź się z tym.

Oczywiście wiedziałem, że to nie jego wina, ale nie mogłem się powstrzymać. Doskoczyłem i zaczęliśmy się regularnie naparzać, aż rozdzielili nas jacyś jego koledzy z pracy.

– Zatrzymujemy za czynną napaść? – zapytał jeden z nich, kiedy udało im się wyjebać mnie na glebę.

– Puśćcie go. – Radek otarł twarz i wstał. – Ogarnij się, Daniel. Poukładaj się, potem możesz się do mnie odezwać, ale skończyłem z ratowaniem twojej dupy. Dorośnij.

Odwrócił się i spokojnym krokiem ruszył do budynku.

– To się tak nie skończy – powiedziałem do jego pleców.

– To się już skończyło – rzucił, nie oglądając się i wszedł do środka.

Kiedy mnie puścili, wstałem i wyjąłem z kieszeni telefon, a potem wystukałem SMS-a do Karola: „Będę w Iraku za dwa tygodnie. Trzymaj mi miejsce”.

9 maja 2017 roku

Muzyka nadal leciała na cały regulator. Uniosłam powieki i poprosiłam cichym głosem o coś do picia. Ku mojemu zdziwieniu podszedł do mnie i dał mi wody z butelki.

– Coś taka zdziwiona, Marysiu? – Uśmiechnął się połową twarzy. Druga połowa była jedną wielką blizną. Ledwo go poznałam. – Nie podobam ci się?

Starałam się ignorować jego wygląd.

– O co tu chodzi? Wypuść mnie.

– No, powiedz mi coś wrednego, zawsze byłaś pyskata, za to cię przecież lubiłem. – Dał mi pstryczka w nos. Boże, miałam taką ochotę strzelić go w pysk.

Nie wytrzymałam.

– Odpierdol się, Dwie Twarze, co?

– Ooo, wiedziałem, że gdzieś tam chowa się pyskaty charakterek, trzeba go tylko umiejętnie pobudzić.

Złapał mnie za pierś.

– Trzymaj łapy przy sobie… – wysyczałam, odsuwając się na tyle, na ile to było możliwe. – Co ci się stało? – zapytałam już nieco łagodniej, widząc jasnoróżową bliznę. To musiało być coś strasznego. Pewnie dlatego oszalał.

– „Siwy" nie opowiadał ci o Iraku?

Patrzył z uśmiechem, jak wiję się w więzach.

– Daniel nikomu nie opowiada o Iraku.

– Wcale mu się nie dziwię. Na jego miejscu też wolałbym zapomnieć, ale… dziś z pewnością mu przypomnę.

***

Wysiadłem z auta Kamila przed starym, zniszczonym budynkiem na Łabędach. Pierwsze współrzędne wskazywały na dom mojego byłego kolegi. Kiedy zobaczyłem, że chodzi o Irak, wiedziałem, że będę musiał załatwić to sam. Nikt, kto tam nie był, nie był w stanie objąć tego rozumem. Ci którzy byli, nie musieli o tym gadać. Po prostu wiedzieli. Podszedłem do drzwi i spojrzałem w kamerę. Ktoś to dobrze przygotował. Do drzwi przyklejona była koperta.

Otworzyłem ją, wyciągnąłem woreczek z gramem amfy i kartkę: „Na górze róże, na dole grzmi, jak wjebiesz grama, otworzę ci drzwi. PS Tak, żebym widział w kamerze".

Patrzyłem na worek jak na kobrę. Prawie dwa lata udawało mi się utrzymać z dala od gówna, które rozwaliło mi życie, a teraz miałem po prostu to zniszczyć? Czułem, jak zasycha mi w gardle i pocą mi się ręce. Najgorsze, że miałem wielką ochotę to zrobić. W tym momencie dostałem kolejnego MMS-a. Marysia wisiała na tym cholernym haku, a obok niej stał facet w samych spodniach, które właśnie miał zamiar ściągnąć. Wyjąłem portfel, wysypałem gram na prawo jazdy i rozprowadziłem krechy dowodem, zwinąłem banknot i błyskawicznie wciągnąłem. Potem, patrząc w kamerę, przechyliłem głowę do tyłu i pociągnąłem nosem. Momentalnie usłyszałem klik zwalnianego zamka. Starałem się ignorować dobrze znajome dreszcze, które ogarniały moje ciało. Dom był kompletnie zdewastowany. Nie tak go zapamiętałem, ale przecież minęło kilka lat. Napieprzało *Fear of the Dark* Iron Maiden. W Iraku zawsze słuchałem tego przed wyjazdem z bazy. Uspokajało mnie. W tym momencie czułem, że spokój to jedyne uczucie, jakiego nie doświadczę już nigdy w życiu. Podszedłem do schodów i powoli zacząłem po nich wchodzić. Nie miałem ze sobą niczego. Nawet broni.

– Dzień dobry, „Siwy" – rozległ się głos z głośnika nad schodami.

Zobaczyłem go kątem oka.

Pokazałem środkowy palec w kierunku wiszącej obok kamery. Dom był kompletnie rozjebany, ale sprzęt musiał być zamontowany niedawno. Był bardzo nowoczesny. Przeciągnąłem się, czując ogromną energię. Mocny towar. Kto mógł znać mnie aż tak dobrze?

– Ojoj, nieładnie. Znów cwaniakujesz. Zagramy w grę, wiesz?

– Nie wiem, pojebańcu – powiedziałem głośno.

– To już wiesz. Plan był nieco inny. Miałem się z tobą bawić w pierdlu, ale nie wyszło, więc zagramy tu. Widzisz kopertę na schodach? Podnieś.

Zobaczyłem kopertę i wziąłem ją do ręki. W środku było zdjęcie. Radek trzymał na rękach Ninę, a na jej czole widniała czerwona kropka snajperki. Na drugiej fotce taka sama kropka widniała na głowie mojego brata. Oparłem się ręką o balustradę.

– I co? Jednak zagrasz, Daniel? Myślę, że tak. Wchodź na górę.

***

Leżałam w bagażniku jakiegoś dostawczego auta. Ręce miałam spięte trytytką. Na głowie worek. Chyba podali mi w wodzie jakieś narkotyki, bo nie miałam siły ani chęci, żeby się uwolnić. Słyszałam rozmowę. Czasem docierała do mnie jej treść. Mówił do Daniela. Walczyłam z opadającymi powiekami, ale nie miało to najmniejszego sensu. Czułam, jak zapadam w jakiś narkotyczny trans, sen pełen majaków. Nie miałam pojęcia, czy minęło kilka godzin, czy kilka minut. Obudziłam się, czując świeże powietrze. Ktoś ściągnął mi z głowy worek. Było kompletnie ciemno.

– Gdzie jestem? – zapytałam, jakby to miało jakiekolwiek znaczenie.

– Bunkrów nie ma, ale też jest zajebiście – usłyszałam szyderczy głos. Wtedy też zidentyfikowałam dźwięk, który słyszałam w tle. Szum morza.

– Nieee! – zaczęłam krzyczeć, aż ktoś zacisnął mi na szyi rękę. Zemdlałam.

27 września 2016 roku

Byłem w Iraku już kilka miesięcy. Załatwiłem to bardzo szybko – wcześniej już przeszedłem rekrutację do Blacka. Wystarczyło wysłać informację, że chcę przyjechać, i po dwóch tygodniach miałem bilet do Bagdadu. Kontrakt podpisałem przez internet. Czterdzieści tysięcy złotych na miesiąc. Dobre pieniądze. Byłem pewien, że dam sobie radę. Wydawało mi się, że jestem twardy. Przecież do tego szkolono mnie całe życie... Myliłem się. Nic nie było w stanie do tego przygotować...

Mieliśmy za zadanie chronić konwoje. Miesiąc temu na minie pułapce wylecieli w powietrze czterej „ochroniarze" z naszej firmy. Karol i jego brat Jasiek przeżyli, bo poszli na fajkę. Ja ocalałem, bo leżałem w hotelu i rzygałem jak kot po zjedzeniu jakiegoś gówna. To był zupełnie inny świat. Nauczyłem się nie ufać kompletnie nikomu! Na każdego patrzyłem jak na potencjalnego samobójcę, który za chwilę wysadzi się obok mnie. Stres zabijałem, ćwicząc w każdej wolnej chwili. Chciałem wciągnąć w to Karola, ale od miny pułapki zamknął się w sobie. Rozmawiał tylko z bratem. Każdy inaczej radził sobie z nerwówą. Oni zaczęli znikać na całe wieczory. O nic nie pytałem, trzymając się zasady, że jak będą chcieli, powiedzą mi sami. To mój ostatni miesiąc tutaj, tak postanowiłem już dawno temu. To, co udało mi się uzbierać, w zupełności wystarczy. W marcu weszła w życie ustawa pragmatyczna. Miałem zamiar otworzyć szkołę, jeśli się uda wrócić do służby. Naprawić życie i… poznać swoje dziecko. Na tym się koncentrowałem, to były moje jedyne priorytety.

Do pokoju wszedł Karol.

– Może zostaniesz jeszcze trochę?

– Nie. Mam wrażenie, że nigdy już nie ucieszę się na widok piasku i słońca. Nigdy nie myślałem, że zatęsknię za naszą pojebaną pogodą.

– Jest interes. – Karol chyba wreszcie chciał mnie wprowadzić w szczegóły. – Dobrze by było, żebyś jeszcze trochę został. Przydałbyś się nam, a przy okazji całkiem sporo zarobił.

– Jaki interes? – zapytałem bez entuzjazmu.

– Jak już wspomniałem, do wyjęcia jest bardzo dobra forsa. Od jakiegoś czasu siedzimy w tym z Jankiem, ale zbyt dużo wzięliśmy sobie na łeb. Nie wyrabiamy sami w dwójkę. Ta mina pułapka przekonała nas do podjęcia bardziej radykalnych kroków. Oni się z nami nie pierdolą, ja z nimi też nie zamierzam. To znaczy zamierzam, ale nie w narzuconym przez nich rytmie.

– O czym ty mówisz? – Patrzyłem na niego ze zdziwieniem, miał obłęd w oczach. – Karol, nie chciałem tego mówić wcześniej, ale czy nie uważasz, że powinieneś skorzystać z pomocy psychologa? Kurwa, prawie wyleciałeś w powietrze. To nic złego, że pójdziesz na jedną czy dwie sesje.

– Mam swoje sesje. Chodź, pokażę ci.

Zaprowadził mnie do podziemi naszego hotelu, pięciogwiazdkowego, w centrum miasta. Mimo tych luksusów nawet posiłki jadaliśmy pod bronią. Byli w nią zaopatrzeni także kelnerzy i to jeden z nich otworzył nam drzwi z szerokim uśmiechem. Wszedłem do pomieszczenia i nie uwierzyłem własnym oczom. Zestawy kamer, sznury, liny, łańcuchy, kajdanki.

– Twój pokój zabaw? – zapytałem, patrząc na Karola jak na kosmitę. – Jak z Greya?

– Moje studio. Kręcimy tu sobie filmy.

– Występujesz?

Nie wiedziałem za bardzo, do czego zmierza. Parę razy byliśmy w burdelu, wiedziałem, że czasem lubił się też ostro zabawić. Jak każdy z nas, który na co dzień igrał ze śmiercią. To przekładało się na wszystkie aspekty życia. Na łóżko też.

– Zdarza mi się.

– No to fajnie. Każdy się bawi, jak lubi.

– Tak było do niedawna. Tylko że znudziły mi się miejscowe lampucery, które grają najostrzejsze sceny za dwadzieścia dolarów. Zmieniłem profil.

Karol zaprowadził mnie na koniec pomieszczenia i uchylił drzwi. Popatrzyłem z przerażeniem na sześć identycznych łóżek. A na nich… sześć dziewczyn. Choć trafniejszym określeniem byłoby: dziewczynek. Wpatrywały się we mnie dużymi brązowymi oczami. Niektóre przytomne, inne mniej.

– Popierdoliło cię? Ile one mają lat? Czternaście?

– Za takie jest najlepsza kasa. Broniłem się przed tym, ale kiedy prawie mnie zajebali, przestałem mieć skrupuły. Wcześniej kręciliśmy z miejscowymi kurwami, ale wiesz… Mówimy o zupełnie innych pieniądzach.

– Jakich? – zapytałem, starając się nie okazać, jak bardzo mnie wkurwił i zawiódł. Tak jakbym poznał go wczoraj.

– Niewyobrażalnych. Za film zarabiam tyle, ile przez kilka miesięcy tutaj. Rozumiesz?

– Rozumiem – powiedziałem i wyjebałem mu z całej siły w ryj. – To zmienia fakt, że jesteś pierdolonym miłośnikiem dzieci? Zmienia? – Zacząłem go z furią kopać. Chyba się tego nie spodziewał. Zresztą ja też nie. Coś we mnie wstąpiło. – Ja pierdolę, dziesięć lat cię znam i nigdy w życiu bym nie pomyślał, że jesteś majciarzem!

Dalej go prałem.

– Uspokój się, Daniel! – Poczułem broń przyciśniętą do głowy i wyprostowałem się. Yhym. Starszy brat. Jasiek. – To nie są ludzie. Pamiętaj o tym. Oni nas nie traktują jak ludzi, my ich też nie możemy.

– A co ona ci zrobiła? – wysyczałem z furią, pokazując palcem na przerażoną dziewczynkę wciśniętą w kąt łóżka.

– Pewnie wyjebałaby się w imię Allaha, jakby tylko miała okazję.

– Ale nie miała, bo dwóch popierdolonych skurwysynów dyma ją w piwnicy – wysyczałem.

– Mówiłem ci, że „Siwy" się nie nadaje – powiedział Janek do wciąż leżącego na ziemi Karola, a potem przeładował broń.

9–10 maja 2017 roku

– Daniel wie, co się z tobą stało? – wymamrotałam, kiedy się ocknęłam. Tym razem siedziałam na ławce przed nieczynną smażalnią ryb. Znów przykuta. Karol usiadł obok mnie, jakbyśmy dalej się kumplowali.

– Daniel myśli, że nie żyję.

– Jara cię to, kurwa? – nie wytrzymałam, patrząc na kajdanki.

– Nieee, Marysia. To przekaz dla Daniela. Nie mam zamiaru nic ci zrobić. To znaczy póki się tu nie zjawi. Potem będzie wesoło. Obiecuję, że pozwolę ci obejrzeć filmik z tobą w sieci, zanim się ciebie pozbędę. W sumie żal mi, że musiałem cię w to wmieszać, ale jesteś jego słabym punktem, wiesz? Do niedawna jedynym, ale na szczęście mam już drugi…

– Jeśli zrobisz coś mojemu dziecku… – syknęłam.

Obok usiadł drugi facet.

– To co?

Odwróciłam się i zobaczyłam… Jana Olsztyńskiego. Patrzyłam na nich i kompletnie nie rozumiałam, o co chodzi.

– Mój brat, Jasiek. Mieliście okazję poznać się na gruncie zawodowym. Chcę, żebyś pamiętała, Marysiu, że to także twoja wina. Byłem pewien, że ta sprawa cię skusi. Wiedziałem, że sobie tego nie odpuścisz. Pamiętałem, jak bardzo ci zależało na karierze. Wszyscy szliście jak po sznurku. Wasze słabości są moją siłą.

Nie wytrzymałam.

– Jak byłeś w Iraku, to przeszczepili ci mózg owcy czy tylko rozjebali i tak szpetną facjatę?

– Kozacz dalej, a zastanowię się, czy nie przehandlować twojej córeczki na organy albo nie znaleźć jej jakiegoś przytulnego pedofilskiego burdelu. Jak uważasz?

Zachłysnęłam się płaczem. Olsztyński złapał mnie za twarz i przesunął obleśnie językiem po moim policzku.

– Zachowaj siły na później. Przydadzą ci się.

***

Wszedłem na górę. Tak jak myślałem, Marysi tam nie było. Została dekoracja, bardzo podobna do tej z Iraku. Do kajdanek była przyczepiona koperta, a w niej kolejne współrzędne i kolejny gram. Ktoś chciał rozjebać mi kompletnie psyche i szło mu świetnie.

– Zawsze lubiłeś dużą prędkość; jeśli nie będzie cię w Gdańsku za cztery godziny, to zabiję obie – rozległ się głos z głośnika.

W tle przeszkadzał szum silnika samochodu, najwyraźniej też byli w drodze. Muszę ostrzec Radka, przemknęło mi przez głowę. Głos jakby czytał w moich myślach.

– Nie dzwoniłbym do braciszka. Wrzuciliśmy mu pluskwę, zaraz jak wyjeżdżali. Telefon oznacza, że może uratujesz dziecko, ale na pewno tracisz Maryśkę. A teraz wdupiaj i spadaj. Trzy godziny pięćdziesiąt osiem minut. Powodzenia, stary, oby nie było korków.

* * *

Siedziałam przed smażalnią i patrzyłam, jak przygotowują nową dekorację, rozkładają kamery… Rozmawiali przy tym, jakby szykowali się do normalnej roboty. W życiu nie widziałam czegoś tak chorego.

– Po co aresztowanie?

Starałam się mówić cokolwiek, aby tylko nie zajmować się patrzeniem na ich spokojne, metodyczne ruchy.

– Daniel nienawidzi najbardziej jednego. Bezsilności. Wyobraź sobie, co by się działo, gdyby obserwował nasze wyczyny z więzienia. Miałem naprawdę dobry plan. Wiedziałem, że Krotnicki mi pomoże. Nienawidził Daniela jak psa. Wynająłem mu adwokata. Przekonał go, aby zaczął mówić i przygotował go do pogrążenia Daniela. Od pół roku zbierałem pod to materiały. Chciałem odebrać mu wszystko i to wtedy, kiedy już zaczęło się dobrze układać. Kopanie go, kiedy leżał, wcale nie było zabawne. Tymczasem ostatnio zaczął sobie dobrze radzić i właśnie na ten moment czekałem. Niech się pozbiera. Wtedy upadek zaboli kilkanaście razy bardziej.

– Co on ci takiego zrobił?

– Widzisz, jak wyglądam? To jego zasługa.

– Nie wierzę. Dałby sobie za ciebie łeb obciąć.

– Tak, póki nie przedłożył nade mnie jakiś irackich pizd – wykrztusił Karol.

– Nic z tego nie rozumiem. Wytłumacz mi – starałam się mówić przymilnym tonem.

– Kręciłem porno z takimi irackimi kurwami, co puszczają się na ulicy od dwunastego roku życia, ale Daniel stwierdził, że to dzieci, że zasady... Idiota.

W tym momencie do dyskusji włączył się Olsztyński, podszedł o krok bliżej i znów mnie dotknął. Był jeszcze bardziej popieprzony od Karola. Pokazał mi palce rozsunięte na szerokość pięciu centymetrów i wysyczał:

– Tyle brakowało, żeby twój blondynek nie wrócił z wojny. Miałem spluwę wycelowaną w jego pusty łeb.

– Nie trzeba mu było odpuszczać. Wiesz dobrze, Karol, że jak coś mi się stanie, to on ci nie daruje.

Zależało mi na tym, żeby zabrzmiało to jak najbardziej przekonująco.

– Daruje. Martwi nie mają wyjścia. – Karol znów się śmiał. – Wtedy też nie zamierzaliśmy mu darować. Kiedy Jasiek przeładowywał broń, jedna z tych dziwek chciała uciec. Daniel wykorzystał to i się odsunął. Janek niechcący postrzelił mnie, a ja wywracając się, rozwaliłem część scenografii, która mnie przygniotła.

– Ten postrzał tobym nawet wybaczył – kontynuował Olsztyński – w końcu też chciałem go odjebać, ale wiesz, co stało się później? W ogólnym zamieszaniu któraś z tych idiotek przewróciła lampę. Tam wszystko było drewniane i suche jak wiór, jarało się, aż miło. Błagałem Daniela, żeby pomógł mi wyciągnąć Karola spod belki, ale on mnie olał.

Pomagał wyjść tym kurwom. Na koniec powiedział, że sam tak wybrałem, więc teraz zobaczymy, jak on wybierze.

– Ale przeżyliście.

– Tak. Mimo że twój chłopak zrobił wszystko, by stało się inaczej. Daniel nie wiedział o drugim wyjściu z piwnicy. Jeden z podkupionych pracowników hotelu pomógł mi wyciągnąć Karola i uciec. Zadbał także o podrzucenie na miejsce zwęglonych zwłok.

– Co ty opowiadasz? A badania DNA? Nikt was nie identyfikował?

– Naiwna. – Karol się roześmiał. – To Irak. Za pieniądze, a tych akurat natrzepaliśmy całkiem sporo, kupisz tam wszystko. To jest inny świat.

***

Zbiegłem do samochodu, olałem to, że absolutnie nie powinienem prowadzić, wklepałem współrzędne w GPS i nie czekając na aktualizację, ruszyłem w kierunku węzła Sośnica. Wskoczyłem na A1 i zacząłem testować bmw Kamila. Jemu już się nie przyda… Przełknąłem ślinę. To ktoś absolutnie bezwzględny. Wie o mnie tyle, że z pewnością był w mojej drużynie w Iraku albo w jednostce w Polsce. Tak czy siak – zawodowiec. Z niepokojem spojrzałem na wyświetlacz nawigacji, pokazywał pięć godzin do Pruszcza

Gdańskiego. Dodałem gazu. Było już późno, powinienem dojechać w cztery. Wiedziałem, że „Zimny" musiał zorientować się, że coś jest nie tak. Nie miał ze mną kontaktu, ale nie był idiotą. Coś wymyśli. O drugiej w nocy, a więc trzynaście minut przed czasem, stanąłem w miejscu, które wskazywały współrzędne. Obskurny motel przy trasie. Wszedłem do środka i podszedłem do recepcji.

– Dzień dobry. – Recepcjonista najwyraźniej się mnie spodziewał. – Pana przyjaciele powiedzieli, że dla pana pokój numer trzynaście. Proszę.

Wziąłem klucz i wszedłem do pomieszczenia urządzonego w stylu późnego PRL-u.

Na lakierowanym stoliku stał laptop, ruszyłem myszką i zobaczyłem ekran podzielony na połowę. Na jednej była Marysia przywiązana do jakichś stelaży, a obok niej ładunek wybuchowy. Drugi pokazywał okno i łóżeczko. Spod kołdry wystawały blond loki. Na każdym zdjęciu były współrzędne. Pod spodem podpis: „Jak powiedziałeś w Iraku? »Sam tak wybrałeś«. Teraz ty wybieraj. PS Telefon do brata kończy grę. Marysia kaboom".

Nie wierzyłem w duchy, ale wiedziałem, że jeśli udało im się przeżyć, to mają bardzo, ale to bardzo dobry powód, by chcieć mnie pozbawić wszystkiego, co dla mnie ważne.

Wybiegłem z motelu, ściskając pod pachą laptopa. Wsiadłem do bety i już miałem startować, gdy zobaczyłem zajeżdżające pod zajazd czarne audi A4. Rejestracja SG. Nigdy w życiu nie myślałem, że tak się ucieszę na jego widok. Wypadłem z auta, zostawiając otwarte drzwi.

– Jak mnie znalazłeś?

– Byłem u Krotnickiego. Niewiele wiedział, powiedział tylko, że ktoś bardzo, ale to bardzo cię nienawidzi. On przypadkiem na tym skorzystał. Kiedy wracałem, dostałem cynk od policjantów, że nie ma auta Kamila. Już raz je ukradli, ale szybko się znalazło, bo ma GPS. Wrzuciłem w lokalizację. Co tu się, kurwa, dzieje? Gdzie jest Marysia? Czemu do mnie nie zadzwoniłeś? – „Zimny" wyrzucał z siebie słowa z szybkością karabinu maszynowego. – Dzwoniłem do Radka, też nie odbiera.

– Obawiam się, że to długa historia. – Pokazałem mu laptopa. – Najprawdopodobniej związana z Irakiem. Nie mam czasu ci teraz tłumaczyć.

– Kurwa. – „Zimny" sięgnął do auta, wyjął z niego spluwę i mi podał. – Wiedziałem, że jesteś bez niczego. Ty jedź po Ninę, ja po Marysię. Element zaskoczenia to nasza jedyna szansa.

17 stycznia 2017 roku

Kamil jest w delegacji, Nina cały dzień była marudna, a teraz jeszcze to! – westchnęłam, ale błyskawicznie narzuciłam na sukienkę Niny ciepły kombinezon i wpakowałam ją do samochodu. Przed chwilą zadzwonił do mnie Radek i powiedział, że Dingo się rozchorował. Nie miałam pojęcia, czemu starszy z braci Wyrwa pomieszkuje z panienką w domu moich rodziców pod ich nieobecność. Najprawdopodobniej wynikało to z jakichś układów z moim szanownym braciszkiem. Ten, rzecz jasna, nie odbierał telefonu, więc to ja musiałam interweniować.

– Radek! – wydarłam się, wbiegając do salonu. – Gdzie on jest? Muszę go zabrać do weterynarza.

Wyszedł z kuchni i wziął Ninę na ręce, uśmiechając się do niej. W końcu był jej wujkiem. Rozczulił mnie tym.

– A gdzie twoja dziewczyna? – zapytałam nieco łagodniej.

Z kuchni wyszła ruda panna, uśmiechając się nieśmiało.

– Maria Hoffmańska. – Podałam jej rękę. – Bardzo mi miło.

– Mnie również. Zuzanna Kadziewicz.

Zerknęła nerwowo w stronę kuchni. Czyżby z Dingiem było aż tak źle?

– Pomożesz mi go wsadzić do auta? Waży z czterdzieści kilogramów.

– Okej.

Radek podał mi Ninę.

– Gdzie on jest? – powtórzyłam po raz trzeci, jak do półgłówka. Zaczynałam się denerwować.

– W kuchni – odpowiedział Radek.

Kiedy tylko tam weszłam, zobaczyłam wesoło merdającego ogonem wilczura, opierającego łeb o udo… Daniela Wyrwy.

***

Marysia popatrzyła na mnie, po czym odwróciła się na pięcie i ruszyła w stronę wyjścia. Na szczęście odnotowałem, że Radek i Zuza nie tylko zdążyli się ulotnić, ale też zamknąć za sobą drzwi. Zaczęła szarpać klamkę jak wariatka. Wkurwiło mnie to nieludzko. Zachowywała się, jakbyśmy byli dla siebie obcymi ludźmi.

– Uspokój się, do cholery. – Złapałem ją za ramię. – Chcę tylko pogadać.

– Nie mamy o czym! – wydarła się. – Radek, ty skunksie, jak powiem Łukaszowi, co zrobiłeś, to cię zajebie!

Kiedy tylko to powiedziała, zerknęła z niepokojem na córkę. Najwyraźniej była mocno wyprowadzona z równowagi, skoro zaklęła przy dziecku. Postanowiłem wykorzystać ten moment.

– Siadaj! – Złapałem ją za rękę, a ona znów się wyrwała. Zobaczyłem, jak usta Niny wykrzywiają się w podkówkę. – Do kurwy nędzy, straszysz ją. Chcę zamienić z tobą tylko kilka zdań. Gdybyś pozwoliła mi to zrobić wcześniej, nie musiałbym tak kombinować.

Najwyraźniej dotarło do niej, co mówię, bo uśmiechnęła się uspokajająco do dziecka.

– Daj mi pięć minut, potem zrobisz, co zechcesz... – dodałem i poszedłem do salonu. Marysia minęła mnie i weszła do sypialni. Ściągnęła małej kombinezon i wsadziła ją do stojącego w rogu pokoju łóżeczka. Najwyraźniej często zostawiała dziecko u rodziców. Włożyła do łóżeczka zabawki i obróciła się w moją stronę.

– Do kuchni! – syknęła.

Pomieszczenie najdalej oddalone od sypialni. Czyli miała zamiar wrzeszczeć. To dobrze. Lepsze to niż ignorowanie. Stanąłem w progu i oparłem się barkiem o ścianę.

– Chcę widywać swoje dziecko, Maria – powiedziałem wprost.

Patrzyła na mnie z wściekłością.

– Mówiłam ci już, że to moje dziecko. Pamiętasz kiedy?

– Pamiętam doskonale. Tak, mówiłaś, a potem wyszłaś za mąż za tego idiotę.

– Ten idiota mnie kocha. W przeciwieństwie do ciebie.

W tej chwili poczułem, że tracę nad sobą panowanie. Podszedłem do niej, popchnąłem z całej siły na wielką lodówkę, złapałem jej obie ręce i przycisnąłem nad głową.

– Jedyną osobą, którą w swoim parszywym życiu kochałem, byłaś ty. Jeśli coś się w tym względzie zmieni, dam ci znać. Nie waż się więcej, kurwa, kiedykolwiek mówić mi takich rzeczy, rozumiesz?

– Pięknie to okazywałeś, Danielu. Pięknie. A ja myślę, że łączył nas tylko i wyłącznie seks. Całkiem dobry, ale jednak tylko seks.

Zdawałem sobie sprawę, że specjalnie mnie prowokuje, ale nic nie mogłem poradzić na to, że trafił mnie szlag.

– To teraz łączy nas jeszcze dziecko. No i seks, jeśli panienka sobie życzy.

– Patrz mi na usta: nigdy w życiu! – wysyczała wściekle.

– Tak?

Pochyliłem się nad nią, rozpiąłem jej kurtkę i delikatnie pocałowałem zagłębienie pod obojczykiem. Zaczęła się szarpać, ale przecież doskonale ją znałem. Przesunąłem usta na jej szyję, na przemian delikatnie ją liżąc i lekko przygryzając. Podniosłem na nią wzrok. Miała zaciśnięte powieki. Pewnie wiązało się to z poczuciem winy. Złapałem ją za podbródek i pogładziłem kciukiem po policzku. Otworzyła oczy i popatrzyła na mnie niepewnie. Pochyliłem się nad nią i zacząłem ją całować. Nie pozostała bierna.

* * *

Ostatni raz. Nie było jak się pożegnać. Ostatni raz, obiecywałam sobie w duchu, całując Daniela jak wariatka. Puścił moje ręce, więc błyskawicznie wplotłam mu jedną we włosy, drugą złapałam za tyłek i przycisnęłam do siebie. Czułam, jak bardzo jest podniecony.

– Nie wiem, czy mam większą ochotę się z tobą pieprzyć, czy cię udusić – wymruczał mi do ucha, a potem przejechał po nim językiem. Położył mi rękę na szyi i lekko ścisnął. Uświadomiłam sobie, że podnieciło mnie to jeszcze bardziej.

– Jak zawsze – wyjęczałam, rozpinając jego spodnie. Opuścił mnie na ziemię i obracając tyłem, popchnął na parapet. Nie zawracał sobie głowy ściąganiem moich rajstop. Rozerwał je, odsunął majtki i wszedł we mnie jednym pewnym ruchem. Chwycił mnie za biodro, w drugą rękę złapał moje włosy i owinął je sobie wokół nadgarstka, przyciągając mnie do siebie. Zaczął ruszać się jeszcze szybciej.

– I co? Nie tęskniłaś, wariatko? Po cholerę to zrobiłaś? Możesz mi to wytłumaczyć? – powtarzał w rytm coraz silniejszych pchnięć, a ja nie mogłam odpowiedzieć mu inaczej niż długim jękiem. Wyszedł ze mnie i obrócił mnie przodem. Jęknęłam z zawodu. Uniósł mnie, położył na stole, przyciągnął do jego krawędzi i wszedł między moje nogi.

– Otwórz oczy. – Pochylił się nade mną i jeszcze raz powoli we mnie wszedł. – Patrz na mnie.

Nieprzytomnym wzrokiem spojrzałam w niebieskie tęczówki. Zaczął ruszać się szybciej, zarzucił sobie na biodra moje nogi, pochylił się nade mną i całował.

– Daniel! – jęknęłam głośno, dochodząc. Po chwili on też skończył i oparł swoje czoło o moje.

Po kilku sekundach wróciłam do siebie i wyrzuty sumienia ogarnęły mnie z nową siłą. Odepchnęłam go i zeskoczyłam ze stołu, poprawiając sukienkę i zapinając kurtkę.

– To był ostatni raz. Mam męża. Nie chcę mieć z tobą nic wspólnego.

Popatrzył na mnie tak, jakbym dała mu w pysk.

– Chyba nie myślałeś, że to coś zmieni? – zapytałam najbardziej suczym tonem, na jaki było mnie stać. – To tylko seks. Jak zawsze.

– Okej. – Na jego twarzy nie drgnął ani jeden mięsień. – Chcę się spotykać z Niną.

– Pomyślę o tym. – Poszłam do sypialni, wzięłam małą na ręce i zaczęłam ją ubierać. – A teraz chcę stąd wyjść.

Daniel wziął telefon i wystukał SMS-a. Po chwili usłyszałam odgłos klucza przekręcanego w zamku.

9–10 maja 2017 roku

Wysiadłem z samochodu przed pogrążonym w ciemności domkiem i zapaliłem papierosa. Nie było sensu sadzić się na jakiekolwiek zaskoczenie. To on mnie tu ściągnął i doskonale wiedział, że jest na wygranej pozycji. Nie upłynęła nawet minuta, kiedy usłyszałem za sobą kroki. Odwróciłem się powoli, nie wyjmując papierosa z ust. Niestety nie było mowy o pomyłce. To był Karol, choć połowa jego twarzy przypominała mielonkę. W ręce trzymał broń i celował prosto w moją głowę.

– Ładnie wyglądasz – zagaiłem rozmowę.

– Jak na trupa? – Karol uśmiechnął się połową twarzy. Efekt był upiorny. – Ale jesteś zajebany. Fajnie było sobie nareszcie zaćpać?

– Nie wiem, co chciałeś tym osiągnąć. Nie wrócę do tego, ale póki co jest fajnie. Skoro jestem sfurany, to tym razem upewnię się dwa razy, że wykitowałeś.

– Wiesz, jakie będą jutrzejsze nagłówki w gazetach? „Żołnierz pod wpływem narkotyków zabił całą rodzinę". Także swoje dziecko.

– Jeśli coś się stanie małej... – zacząłem.

– Już się stało. – Wyjął telefon i coś na nim kliknął. Po sekundzie usłyszałem dźwięk Signala na komórce. – Zerknij.

Wyjąłem telefon i załadowałem filmik. Zobaczyłem tę samą perspektywę, co na zdjęciu w laptopie. Błyskawicznie skojarzyłem, że był kręcony z drzewa, przy którym stałem. Widziałem blond loczki na poduszce i czerwoną wiązkę lasera snajperki. A potem strzał. Mózg nie dopuszczał do siebie tej myśli, póki nie uniosłem wzroku do okna i nie zobaczyłem stłuczonej szyby. To był moment, w którym świat się zatrzymał. Czułem kompletną pustkę. Zamroczony narkotykami umysł nie rejestrował żadnej myśli. Stałem, patrząc na telefon, i nie drgnąłem nawet o milimetr.

– Wrócił do nałogu, odjebało mu po Iraku. To nazywa się syndrom stresu pourazowego. Zabił całą rodzinę. Tak napiszą, wiesz? Kto ci uwierzy, że to moja sprawka? Przecież ja nie żyję! Jest na to akt zgonu, miałem nawet pogrzeb. To wykończyło moją matkę. Byłeś u mnie w domu, to widziałeś, jak wygląda. Matka jest w szpitalu psychiatrycznym w Toszku – straciła obu synów, więc trudno się dziwić. Dlatego to jeszcze nie koniec, Daniel. Kiedy już trafisz do pierdla, to wyślę ci przez adwokata fajny filmik, co zrobimy z twoją Marysią. Do środka.

Popchnął mnie w stronę drzwi domku letniskowego. Niepewnym krokiem ruszyłem w stronę budynku. Na plecach czułem broń Karola. Pewnie amfa odcięła mi wszelkie receptory albo byłem w szoku. Ta wiadomość nadal do mnie nie docierała. Tylko dlatego jeszcze nie leżałem na ziemi i nie płakałem jak dziecko. Kiedy miałem łapać za klamkę, poczułem mocne kopnięcie. Wpadłem do środka i wywaliłem się na podłogę.

– To będzie szybkie, proste i nieinwazyjne. Zaczniemy od twojego braciszka i jego rudej pani. Godzinę temu przywiozłem im pizzę. Zamawiali często z miejscowej knajpy. Wpierdoliłem tam mnóstwo leków nasennych. Nawet strzał ich nie obudził. A potem…

– Co będzie potem? Błagam, zdradź – usłyszałem rozentuzjazmowany głos mojego starszego brata, który wyłonił się z ciemności. Kopniakiem wytrącił mu broń i z całej siły uderzył jego głową w ścianę.

– Nina… – wymamrotałem, patrząc na niego z przerażeniem.

Radek cały czas walił głową Karola w ścianę.

– Jest bezpieczna. Dwa domki dalej. Przeniosłem ich tam dzisiaj.

– Ale widziałem film… Strzelił do niej. Leżała w łóżeczku.

Patrzyłem na niego, bojąc się, że to moja wyobraźnia płata mi figla.

– To lalka. Ta sama, którą powiesili.

Nie zrozumiałem.

– Co?

– Miałem ją w aucie. Nie mogłem zabezpieczyć jej jako dowodu, bo oficjalnie nie było śledztwa. Odebrałem ją z laboratorium i wrzuciłem do auta. Przypomniało mi się dzisiaj i postanowiłem ją wykorzystać. Siedziałem w fotelu, pogryzałem chipsy i miałem zajebisty ubaw, kiedy patrzyłem, jak ten kretyn pakuje się na drzewo i strzela do lalki.

– Skąd wiedziałeś? – zapytałem kompletnie zszokowany.

– Bo jestem dużo lepszy niż bardzo dobry. Trzeba być głupszym od przeciętnie zdolnego szympansa, żeby myśleć, że strzelec wyborowy nie zauważy, jak mu ktoś na czerwono świeci celownikiem po oczach, a potem robi zdjęcia. – Popchnął Karola na podłogę, a ja wstałem i pokręciłem głową raz w lewo, raz w prawo.

Zagrałem w naszą starą grę.

– Yupikajej, motherfucker.

– *Szklana pułapka* – powiedział Karol.

Doskoczyłem do niego.

* * *

Otworzyły się drzwi.

– Nie sądziłem, że tak wybierze – usłyszałam głos w ciemności. Czy on zwariował? Czemu tu przyjechał?

Na chwilę zapomniałam, że tuż obok mojej nogi leży ładunek wybuchowy.

– Daniel, jedź do Niny! – wydarłam się.

– Ani słowa, dziwko.

Olsztyński zapalił światło. Mierzył w drzwi, w których stał Łukasz, który z kolei miał broń wymierzoną w niego.

– Zrób jeszcze krok, a ją zajebię.

– A zajeb, co mnie to obchodzi? – prychnął Łukasz. Na jego twarzy nie malowała się żadna emocja. Chwała Bogu, że jest naprawdę dobry.

Olsztyński najwyraźniej nie ogarniał.

– To nie „Siwy" cię przysłał?

– Nie. Jestem domokrążcą, sprzedaję odkurzacze.

Gdyby nie to, że stałam w bieliźnie, przywiązana do belki obok tykającej bomby, wybuchnęłabym histerycznym śmiechem. Kocham cię, braciszku, pomyślałam tylko.

Łukasz ziewnął.

– No i co robimy? Będziemy tak stać?

– A jak chcesz to rozwiązać? – zapytał Olsztyński z uśmiechem.

– No nie wiem. Możemy spróbować bez broni.

Co on wyrabia? Patrzyłam na niego, kompletnie nic nie rozumiejąc.

– Ten gnój to były żołnierz jednostek specjalnych, nie dasz rady – powiedziałam.

– Eee, spokojnie. Nie takie rzeczy się ze szwagrem w siedemdziesiątym dziewiątym robiło.

– Taki jesteś cwany? – Olsztyński zrobił krok w jego stronę. – Okej. To na „trzy" broń na bok.

– Okej.

Obaj odrzucili broń.

Olsztyński zaczął zbliżać się do Łukasza, a wtedy ten sięgnął za siebie i… wyjął zza paska spodni jeszcze jedną spluwę. Olsztyński zaniemówił wpatrując się w niego jak w UFO.

– Żartowałem. – Łukasz się uśmiechnął. – Tak mi się wydawało, że nie jesteś specjalnie lotny. Gleba, śmieciu.

Związał go linką, która leżała na stole.

– Zrobił ci coś?

Zerknął na mnie z niepokojem, jednocześnie „niechcący" depcząc butem rękę Olsztyńskiego.

– Nie, ale nie podchodź bliżej. To gówno w każdej chwili może wybuchnąć.

– Dzwonię po policję.

* * *

– Cześć, Łukasz. – Telefon odebrał Radek. – Wszystko pod kontrolą. – Wymierzył kopa w zwijającego się z bólu Karola. – Bardzo mnie to cieszy. Nie, nie zabiję go – powiedział Radek. – Obiecuję, że Daniel też nie. Jak tylko uda mi się go od niego oderwać.

Radek celowo mówił wolno. Dawał mi czas. Wykorzystałem go na maksa, kopiąc jak wściekły.

– Tak, jest dość zimno. Tak, przyjedziemy zaraz. A tak w ogóle, co sądzisz o sytuacji politycznej w Mozambiku? Eeee, zawsze mi psujesz zabawę. Będziesz miał to aresztowanie, obiecuję. – Radek odłożył telefon i lekko popchnął mnie do tyłu.

– Wystarczy. – Popatrzył na Karola, a raczej na to, co z niego zostało. Wyjął kajdanki i przykuł go do kaloryfera. – Musimy jechać. „Zimny" jest z Marysią, ale to jeszcze nie koniec.

* * *

Łukasz stał obok mnie i mimo próśb nie chciał wyjść z domku. Cały czas wpatrywał się w zegar na bombie, który wskazywał godzinę i czterdzieści pięć minut do wybuchu. Powiedzieli mi, jak to ma wyglądać. Mieli się zabawić, a końcową scenę filmu miało stanowić to, jak wylatuję w powietrze. Leciałby na streamie. Kiedy sobie to wyobraziłam, znów miałam ochotę się rozpłakać. Sił dodawał mi tylko fakt, że Łukasz rozmawiał z Radkiem. Nina była bezpieczna. Nadal miałam dla kogo żyć. Nie umrę tu, powtarzałam w myślach jak mantrę. Olsztyński siedział pod oknem, miał związane ręce i nogi. Po chwili do pokoju weszło dwóch policjantów.

– Zanim ściągniemy saperów…

Pokręcili głową, patrząc na ładunek.

– Chcecie mi powiedzieć, że jeszcze nie jadą? Pojebało was? Na co czekacie?

– Mamy braki kadrowe… – tłumaczył jeden z nich.

– Mam się śmiać? – Łukasz podszedł krok bliżej. – Chuj mnie obchodzą wasze kadry. Mówiłem przez telefon, żebyście ruszyli dupy.

– Proszę uważać na słowa, to podchodzi pod znieważenie funkcjonariusza.

Łukasz wyjął z kieszeni portfel i pokazał policjantom legitymację.

– Jeśli za piętnaście minut nie będzie tu sapera, to wam pokażę nie tylko znieważenie funkcjonariusza, ale też czynną napaść.

– Saper ci nic nie pomoże – dobiegł nas głos od okna. Olsztyński uśmiechał się. – To bomba mojej produkcji, tylko ja umiem ją rozbroić, ale akurat mi się nie chce. Chyba że się dogadamy, jeśli nie, to swoją Maryśkę będziesz zbierał łyżeczką ze ściany.

Łukasz podszedł do niego i sprzedał mu porządnego kopa.

– Założysz się, że cię zmuszę?

Policjanci dyskretnie odwrócili się w drugą stronę.

– Chętnie. Ja nie pękam – powiedział Olsztyński. Jego oczy mówiły same za siebie, wcale nie żartował.

– Oj tam, dramatyzujesz. Pamiętam, że kiedy byliśmy na misji w Bośni w dwa tysiące czwartym roku, to zdarzało ci się pękać – usłyszałam głos Daniela i prawie rozpłakałam się z ulgi. – A pamiętasz, Jasiek, kto cię tam uczył robić bomby?

Olsztyński zbladł.

– Gdzie jest Karol?

– Zginął w Iraku, rok temu. Ty też. Skoro nie żyjecie, to mogę was zabić jeszcze raz, nawet przed jednostką policji, co, „Zimny"?

Daniel klęknął przy ładunku. Potem delikatnie dotknął mojej kostki, do której był przywiązany jeden z kabli, i podniósł na mnie niebieskie oczy.

– Takie rzeczy tylko w Stanach. U nas nie. A szkoda – wtrącił się Łukasz.

– Szkoda.

Daniel podszedł do stołu i wziął z blatu narzędzia. Te same, których używał Olsztyński, kiedy montował ładunek. Potem znowu klęknął przy bombie.

– Na waszym miejscu bym wyszedł – rzucił w stronę Łukasza, policjantów i Radka, którego dopiero teraz zauważyłam.

– Mówiłeś, że się na tym znasz! – jęknęłam.

– To bomba. Ryzyko jest zawsze – powiedział, ale puścił do mnie oko.

Wyszli, zabierając ze sobą Olsztyńskiego, a Daniel zaczął przecinać kable. Potem odwinął ten, który miałam na kostce, odpiął mnie od tych cholernych więzów i mocno przytulił. Ściągnął bluzę, pomógł mi ją włożyć i znów przyciągnął do siebie.

– Wiedziałem, że dam radę. Po prostu chciałem nam załatwić chwilkę bez publiczności – powiedział i zaczął mnie całować.

3 czerwca 2017 roku

„W 2016 roku w Iraku przeprowadzone zostało śledztwo, które wykazało, że bracia Jan i Karol Olszówka zginęli w pożarze hotelu Royal w centrum Bagdadu. Jestem jednak w stanie, ze stuprocentową pewnością, potwierdzić, iż to oni zostali ujęci w Polsce podczas uprowadzenia Marii Hoffmańskiej i usiłowania zabójstwa jej córki Niny. Występowali pod przybranym nazwiskiem – Olsztyńscy. Rozpoznaję obu podejrzanych i złożę przed sądem zeznania w tej sprawie, a także w sprawie zabójstwa Kamila Hoffmańskiego. Nadto jestem w stanie zeznać, że w Iraku byłem naocznym świadkiem, jak powyższe osoby wykorzystywały seksualnie nieletnie dziewczyny, produkując filmy z dziecięcą pornografią. Nie chcę korzystać z instytucji świadka incognito, ponieważ nie obawiam się o własne życie, ponadto podejrzani doskonale znają moją tożsamość – przez okres wielu lat byliśmy bowiem kolegami z pracy – więc wprowadzanie powyższego rozwiązania procesowego jest bezcelowe".

Kołysałem się na krześle, dyktując „Zimnemu" zeznanie do protokołu.

– Wiesz, że to będzie głośny proces? Mam zamiar wyciorać ich tak jak tych ochroniarzy w Stanach. Będzie medialnie, głośno, a ja będę się nad nimi znęcał, ku chwale ojczyzny.

„Zimny" uśmiechnął się z sadystyczną satysfakcją.

– Nie żałuj sobie. Irak to stan umysłu. Nie zrozumie tego nikt, kto tam nie był. Nikt też nie powinien oceniać tego, do kogo strzelasz. Tam obowiązują inne reguły. Nawet małolat może się wysadzić pod twoim nosem, ale pierdolenie po piwnicach dzieci to coś, co każda normalna osoba, czy tam była, czy nie, sklasyfikuje jednoznacznie – chore pojeby. Na to zgody nie ma. Przez takie zachowania cierpią ci, którzy naprawdę starają się zachowywać tam normalnie. Rób z nimi, co chcesz. Pomogę ci. Tylko przygotuj mnie do zeznań. Na tych filmach zarobili taką kasę, że pewnie będą mieli najlepszych obrońców.

– Spokojnie. Zbierzemy taki materiał, że będą mogli mi naskoczyć. Muszę zabezpieczyć ten telefon. Radek też musi zeznawać i oczywiście moja siostra. Już to z nią przegadałem. Byłeś u niej? – Popatrzył na mnie badawczo.

– Byłem. Ma straszne wyrzuty sumienia w związku z Kamilem.

– Wcale się nie dziwię. Znów ze sobą sypiacie, nie?

Wstałem z krzesła.

– Lubię cię, szwagier, ale to nie jest temat, o którym będę z tobą gadał. Ogarnę to sam.

– Oby lepiej niż ostatnio, „Siwy”... Masz tendencję do fuckupów...

– Dziwię się, że spotykasz się z Kingą, a nie z moim bratem. Macie dokładnie takie same poglądy – powiedziałem, wychodząc z jego gabinetu.

***

To, co czułam, ciężko było nazwać wyrzutami sumienia. Koszmar! Kamil zginął przeze mnie. Nie musieli go zabijać. Zrobiłam wszystko, co chcieli. Mimo iż od pogrzebu minęły dwa tygodnie, nadal nie byłam w stanie normalnie funkcjonować, ani tym bardziej pracować. Gdyby nie Nina i Daniel, kompletnie bym zwariowała. Choć spotykanie się z Danielem tylko potęgowało wyrzuty. Usiadłam przed telewizorem i bezmyślnie gapiłam się na telezakupy. Nina była u babci, miałam odebrać ją dopiero za godzinę. Usłyszałam dźwięk oznaczający nadejście nowego maila i z niechęcią podniosłam telefon. Biuro tłumaczeń przesłało potwierdzone za zgodność z oryginałem tłumaczenia papierów Olsztyńskiego. Patrzyłam w dokumenty i im dłużej je czytałam, tym mniej z nich rozumiałam. Dziedziczenie kamienic było jednoznaczne. Wedle dokumentów przedstawionych przez Jana Olsztyńskiego albo – jak się potem okazało – Jana Olszówkę, kamienice należały mu się jak psu buda. Z przesłanych dokumentów źródłowych wynikało jednak, komu by się należały, gdyby nie testament zmarłej babki ciotecznej Jana. O Boże!

***

Marysia nawijała do telefonu jak katarynka.

– To nie ja... Daniel, słyszysz... Nie ja.

– Uspokój się Ryś, proszę cię. – Starałem się ogarnąć, co do mnie mówi, ale nie było to łatwe. – Po kolei.

– To nie jest rozmowa na telefon. Przyjedź.

Pół godziny później zaparkowałem pod jej domem. Wszedłem do środka, nie zawracając sobie głowy pukaniem. Wzdrygnąłem się na wspomnienie tego, co ostatnio tu zastałem. Na szczęście Marysia nie miała pojęcia o szczegółach śmierci Kamila. Uznaliśmy z „Zimnym", że im mniej będzie wiedziała, tym łatwiej wróci do równowagi. Postanowiłem, że kiedy tylko przekonam Marysię, żeby do mnie wróciła, sprzedamy ten pieprzony, pechowy dom.

– O co chodzi? – zapytałem, widząc jej jasną głowę pochyloną nad telefonem.

– Patrz na to.

Marysia podsunęła mi pod oczy jakiś dokument w PDF-ie. Był napisany po niemiecku, datowany na lata 40. i kompletnie nic z niego nie rozumiałem.

– A po polsku? Nie szprecham.

– Ja też nie i dlatego nie od razu się zorientowałam.

Pokazała mi tłumaczenie.

– Jeśli testament rzekomej ciotecznej babki Olsztyńskiego okazałby się nieważny, a pewnie taki się okaże, kamienice dziedziczyłby... Helmut Dortman. Dziadek Kamila ze strony mamy.

– Aha.

Tylko tyle byłem w stanie z siebie wydusić. Mimo że specjalnie nie interesowałem się Kamilem, wiedziałem, że był jedynakiem. A więc...

– O to chodziło, rozumiesz, Daniel? – Marysia zerwała się na równe nogi. – Te skurwysyny zabiły Kamila i chciały zabić Ninę przez te pierdolone kamienice. Nie ma nikogo innego ze spadkobierców. Ty i ja byliśmy tylko dodatkiem. Dlatego nie załatwili mnie od razu. Myślę też, że nie zabiliby mnie tą bombą. Stanowiłam ich gwarancję na wypadek, gdyby ktoś się zorientował. Dlatego chcieli wsadzić cię do więzienia i we wszystko wrobić.

– Poczekaj... – Musiałem zebrać myśli. – Skąd niby mogli o tym wiedzieć? Czemu Kamil nie miał pojęcia o tych kamienicach?

– Jego dziadek, zanim zginął na wojnie, był znanym przedsiębiorcą niemieckiego pochodzenia. Ojciec Kamila urodził się w tysiąc dziewięćset czterdziestym piątym roku, już po jego śmierci. Jego babka szybko wyszła za mąż za Hoffmańskiego, chciała się ratować, a on był ważną szychą. Nie mieli więcej dzieci i Hoffmański przysposobił ojca Kamila. Tyle wiem z opowieści. Z tych papierów wynika, że cały kwadrat tych kamienic należał do jego ciotki – Elsy Schon. I rzekomo ta Elsa przeżyła wojnę i na podstawie testamentu przepisała wszystko na Jana Olsztyńskiego. Gówno, a nie przeżyła, stary numer. Słyszałeś, jak to działa?

– Nie, nigdy się tym nie interesowałem.

– Pudrują jakąś babkę, wysyłają do swojego notariusza na drugim końcu Polski, w tym wypadku do Gdańska. Ona legitymuje się fałszywymi papierami i jako rzekoma dziedziczka robi testament na słupa. W tym wypadku Jana Olsztyńskiego. Ja robię dziedziczenie i odzyskuję kamienicę od miasta na rzecz rzekomych właścicieli. Elsa w międzyczasie „umiera", robią fałszywkę aktu zgonu i wszystko – w majestacie prawa – trafia do Jana.

– Skąd wiedzieli?

Marysia opadła na krzesło.

– Nie mam pojęcia.

* * *

Łukasz patrzył na mnie i na Daniela zza biurka zawalonego papierami.

– Nie ma mowy.

– Łukasz, proszę cię! – błagałam.

– Nie. To będzie naprawdę głośny proces i nie mam zamiaru w jakikolwiek sposób go narazić.

Wiedziałam, że dyskusja z nim nie ma najmniejszego sensu. Potrafił być uparty jak osioł.

– „Zimny", pamiętasz, jak udało ci się udaremnić ucieczkę „Szarego"? – Daniel włączył się do rozmowy. – Ryzykowałem wtedy dużo więcej niż karierę. Pamiętaj o tym.

– Kurwa, wiedziałem, że będziesz to wykorzystywał do końca życia. – Łukasz wstał i podszedł do okna. – Dobra. Piętnaście minut i ani chwili dłużej.

Pół godziny później dwóch policjantów wprowadziło Karola do jego gabinetu. Siedzieliśmy z Marysią za drzwiami, więc nie miał szans nas zauważyć.

– Dziękuję, panowie.

Łukasz popatrzył na policjantów w taki sposób, że błyskawicznie opuścili pomieszczenie.

– Dzień dobry, panie prokuratorze. Nie powiem nic bez swojego adwokata.

– Nie mam zamiaru pana o nic pytać. Póki co. Ale ma pan gości. Kolega z wojska. – Łukasz wskazał nas ręką.

Karol odwrócił się i uśmiechnął szeroko.

– „Siwy", mordo ty moja, myślisz, że to koniec? To dopiero początek. Kiedy wyjdę…

– Za dwadzieścia pięć lat – wtrącił Łukasz z uśmiechem.

– To się okaże, panie prokuratorze. – Nadal nie tracił dobrego humoru. – Kiedy wyjdę, to dokończę dzieło.

– Mówisz o kamienicach? – Marysia wtrąciła się do rozmowy. – Auć. Myślałeś, że nie zauważę? Już zgłosiłam zawiadomienie o możliwości popełnienia przestępstwa fałszerstwa testamentu. Dziesięć baniek pójdzie w piach.

Widziałem, że Karol lekko się wkurwił, ale próbował to ukryć.

– Cwana bestia. Mówiłem Jankowi, żeby nie dawał ci wszystkich dokumentów.

– Nie dał. Doczytałam sobie w sądzie.

– Brawo, czyli teraz zabiję was tylko i wyłącznie dla przyjemności. No cóż…

Uśmiechał się jak chory psychicznie.

– Skąd wiedziałeś o tych kamienicach? – zapytałem, znając jego skłonności do paplania.

– Nie wiedziałem, ale sam zostawiłeś mi trop. Pamiętasz, wspominałeś mi, jaki z Kamila pizduś. Bananowe dziecko bogatych rodziców. Rozpracowywałem go, bo wiedziałem, że bardzo przyda mi się wtyka w domu Marysi. Janek zgłosił się do niego, udając policjanta. Spotykał się z nim regularnie, robił za przyjaciela. Kamilek pochwalił mu się, że zamierza odzyskać pewne kamienice należące do jego rodziny. Nie chciał wtajemniczać w to żony, gdyż kompletnie im się nie układało. Miała to być niespodzianka na pociechę, kiedy pójdziesz siedzieć. A my wyczuliśmy w tym dobry biznes. Dwie pieczenie na jednym ogniu.

– Popieczone. – Uśmiechnąłem się do niego złośliwie. – Łukasz, wlepisz mu te dwadzieścia pięć lat?

„Zimny" kołysał się na krześle.

– Co najmniej.

– Jak wyjdziesz, wpadnij na kawkę. – Puściłem oko do Karola i ruszyłem w stronę drzwi, ciągnąc Marysię za rękę.

– Czekaj! – Wyrwała mi się, podbiegła do Karola i wyjebała mu z pięści w twarz. – To za moje dziecko!

Łukasz wybuchnął śmiechem, patrząc na oniemiałego Karola.

– Oj, Rysiek, Rysiek...!

Dwa tygodnie później

– Nareszcie! Sprzedany. – Daniel wystrzelił korkiem i spryskał mnie szampanem, jakby zdobył właśnie mistrzostwo w Formule 1.

– Przestań! – pisnęłam, zasłaniając się. – To dopiero umowa przedwstępna.

– Skończ z tym prawniczym bełkotem i chodź tu, miss mokrego podkoszulka. – Przyciągnął mnie do siebie i zaczął całować. – Nienawidziłem tego domu – powiedział mi do ucha.

Zrobiłam oburzoną minę, ale w duchu przyznawałam mu rację i cieszyłam się tak samo jak on.

– I jak zwykle stanęło na twoim.

To od początku była pomyłka. Zabójstwo Kamila ostatecznie sprawiło, że nie chciałam mieć z tym miejscem nic wspólnego. Był plan, aby zacząć wszystko od początku. Kiedy dziś podpisałam akt notarialny przedwstępnej umowy sprzedaży, od razu zadzwoniłam do Daniela i poprosiłam, żeby przyjechał. Było co świętować. Miałam dwa tygodnie, żeby się wyprowadzić. Wynajęłam już mieszkanie w centrum Gliwic, nawet przewiozłam tam większą część rzeczy. Chwilowo miałam dość życia na wsi. Po cichu liczyłam, że Daniel szybko się do nas wprowadzi, choć oczywiście prędzej bym się wściekła, niż go o to poprosiła.

– Danel.

Nina wyciągnęła do niego rączki. Daniel oddał mi butelkę, wziął małą na ręce i podrzucił.

– Co, Gustla?

– Czemu mówisz do niej „Gustla"?

Pociągnęłam łyka prosto z gwinta. A co mi tam, raz się żyje.

– Bo gdybym mógł mieć na to wpływ, nazwałbym ją Gustawa.

Daniel dalej się wydurniał, podrzucając chichoczące dziecko.

– Aha. Zostaniesz na noc? – zapytałam, a on zaśmiał się jeszcze głośniej.

– Co ta mama sugeruje, hę? Najwyraźniej ma wobec mnie niecne plany. Dobra, mała do łóżka, starzy będą broić.

– Skończ już, czubku. – Nie mogłam przestać się śmiać. – Położysz ją? Pójdę się wykąpać.

***

Zaledwie po dwudziestu minutach udało mi się uśpić Ninę, co było niebywałym zjawiskiem. Wyłączyłem dźwięk w naszych telefonach i poszedłem do łazienki. Uchyliłem drzwi i zobaczyłem, że Marysia leży w wannie pełnej piany. Na uszach miała słuchawki. Zrzuciłem z siebie ciuchy i wpakowałem się do wielkiej półokrągłej wanny, dokładnie naprzeciwko niej. Otworzyła oczy i wyjęła z uszu słuchawki.

– Lubię kąpać się sama.

– Yhym. Akurat. – Złapałem jej stopę i oparłem sobie o pierś. Drugą ręką sięgnąłem po mydło i zacząłem namydlać jej łydkę. – Ja tam myślę, że wolisz ze mną.

– Mister arogancji! – prychnęła.

– Pamiętam, jak wybierałaś tę wannę. – Pociągnąłem ją za nogę tak, że jej głowa prawie zniknęła pod wodą. – I o ile mnie pamięć nie myli, użyłaś określenia: idealna do ruchania.

– Damy nie mówią tak brzydko. – Wyszarpnęała stopę i uśmiechnęła się. – A ty przecież lubisz, jak jestem damą, więc zamiast macać moje nogi, powiedz mi jakiś wiersz.

Wzięła butelkę szamponu, wylała trochę na dłoń i zaczęła rozprowadzać na włosach.

– Na górze róże, na dole kran, wezmę szpicrutę i będzie *fun* – wypaliłem, wstając.

Patrzyła na mnie, a konkretnie na dolną połowę mojego ciała.

– Znów mi grozisz?

– Póki co, ładnie proszę.

Uśmiechnąłem się, widząc, jak odrzuca włosy do tyłu i klęka...

***

Daniel oparł dłoń o ścianę i patrzył na mnie, mrużąc oczy. Ciekawa byłam, co chodzi mu po głowie. Wzięłam go do ręki i znów spojrzałam w górę.

– O czym myślisz? – wypaliłam, choć wiedziałam, że akurat w tej chwili to pytanie lekko go zirytuje. To dobrze. Lubiłam go troszkę denerwować. Do czasu.

– Myślę, że dopóki się nie odzywasz, masz bardzo niewinne oczka – odpowiedział ku mojemu zdumieniu.

– Masz ochotę mnie zdeprawować? – uśmiechnęłam się, powoli przejeżdżając po nim czubkiem języka.

– Mam ochotę włożyć ci nabrzmiałego kutasa w usta, kazać ci go ssać i lizać, a potem wyjąć i trysnąć na twarz. Taka fantazja. Niegroźna – usłyszałam i zarumieniłam się gwałtownie. – Masz jeszcze jakieś pytania? – Uśmiechnął się złośliwie. Dobrze wiedział, że po takim tekście zapomnę języka w gębie.

– Po co ja cię prowokuję?

Pochyliłam się i posłusznie objęłam go wargami.

– Też się nad tym zastanawiam. – Jego oddech nieco przyśpieszył, kiedy cały znalazł się w moich ustach. – Wiesz, do jakiego wniosku doszedłem?

Uniosłam wzrok, nie przestając poruszać rytmicznie głową. Po jego oczach widziałam, że mu się to podoba.

***

– Że sprawia ci ogromną przyjemność kiedy się ciebie stawia do pionu – dokończyłem myśl, wplatając rękę w jej włosy i mocniej dociskając ją do siebie.

W jej oczach zobaczyłem groźne błyski. He, he. Ale się wystraszyłem! Poczułem, jak mocniej zaciska na mnie usta, równocześnie chwytając dłońmi moje nogi, by utrzymać równowagę.

– Jak tylko drgną ci ząbki, nie będziesz miała na czym siedzieć przez tydzień – zaryzykowałem jeszcze jeden tekst, bo widziałem, że bardzo jej się podoba, kiedy tak do niej mówię. Wbiła paznokcie w moje uda, więc najwyraźniej miałem rację. Puściłem jej głowę i cofnąłem się.

– Koniec kąpieli. Wyskakuj z tej wanny.

Podałem jej rękę. Patrzyła na mnie nieprzytomnie, kompletnie nie mając pojęcia, do czego zmierzam. Wyszliśmy z wanny, ściągnąłem z wieszaka ręcznik i położyłem na szafce, a potem uniosłem ją i posadziłem na blacie. Rozchyliłem jej nogi i wszedłem między nie, patrząc z satysfakcją na jej podnieconą twarz.

– Nadal chcesz wiedzieć, o czym myślę? – wyszeptałem wprost do jej ucha.

Wchodziłem powoli, bardzo powoli. Wiedziałem, że to doprowadzi ją do szału.

– Nie! – usłyszałem wściekły syk.

– No widzisz, jaka bywasz mądra.

Wpiłem się ustami w jej sutek i wszedłem w nią do końca.

***

Obudziłam się w nocy i ściągnęłam z siebie rękę Daniela. Jezu, jakie on ma wielkie te dłonie. I jakie uzdolnione… Uśmiechnęłam się pod nosem. Wstałam i poszłam do łazienki. Wracając, zobaczyłam migającą na niebiesko diodę w salonie. Sięgnęłam po telefon. Zobaczyłam siedemnaście nieodebranych połączeń od Łukasza. Coś musiało się stać! Zanim zdążyłam się dodzwonić, poczułam jeszcze coś... Zapach dymu.

– Daniel! – krzyknęłam i pobiegłam na górę.

Tu dymu było zdecydowanie więcej. Jak to możliwe? Pięć minut temu wszystko było w porządku! Daniel wybiegł z sypialni i wparował do pokoju Niny przede mną. Prawie nic nie było widać, oprócz jęzorów ognia oganiających firanki.

– Wychodź.

Daniel wziął płaczącą Ninę na ręce i wypchnął mnie na korytarz.

– Ale to trzeba jakoś ugasić... – mamrotałam.

– To koktajl Mołotowa. Koło okna leżała rozbita butelka. – Daniel zbiegał już po schodach. – Wychodź, zaraz wezwę straż!

W tym momencie poczułam na szyi zaciskającą się rękę. Daniel odwrócił się, pewnie żeby zobaczyć, czemu nie schodzę, i stanął jak wryty.

– Obiecałem ci, że to jeszcze nie koniec, prawda? – Rozpoznałam głos Karola i poczułam, jak drętwieję ze strachu. – Miałem wpaść na kawkę. – Usłyszałam za plecami. – To jestem, „Siwy". Rozpuszczalną poproszę.

Jego głos brzmiał spokojnie, mimo że za naszymi plecami coraz bardziej rozprzestrzeniał się pożar.

– Puść ją.

– Dobrze, ale chodź na górę.

Daniel postawił zaspaną i płaczącą Ninę na podłodze i wszedł na piętro. Kiedy tylko zaczął się zbliżać, Karol z całych sił popchnął mnie w dół.

* * *

Nie mogłem nic zrobić. Patrzyłem bezsilnie, jak Marysia spada ze schodów. Chciałem zbiec za nią, ale wtedy Karol zaatakował. Zawsze był dobry. Tak samo dobry jak ja. Musiałem się skupić. Uchyliłem się przed ciosem, zerknąłem w dół. Na szczęście Marysi nic się nie stało. Widziałem, jak powoli podnosi się i przytula Ninę.

– Zabierz ją stąd! – ryknąłem. Na chwilę straciłem czujność. Dostałem cios i z całej siły przyjebałem w ścianę.

– Byłeś moim najlepszym przyjacielem. Ponad dziesięć lat. Jak mogłeś? Jak mogłeś zostawić mnie, żebym zdychał w ogniu? – cedził Karol, zbliżając się do mnie. W jego oczach widziałam szaleństwo.

– Pierdolony dzieciojebca.

Wyprowadziłem kopnięcie. Zasłonił się, ale nie zdołał uchylić przed kolejnym ciosem. Coraz ciężej oddychałem, coraz mniej widziałem przez czarny, smolisty dym. Poczułem silne uderzenie w głowę, a potem podciął mnie i przewrócił na podłogę.

– Teraz ty zostaniesz w ogniu, a ja wyjdę. Zanim zniknę, przelecę twoją laskę i rozwalę łeb dzieciakowi.

Zaatakował mnie w parterze i zaczął okładać pięściami.

Wściekłość dodała mi sił. Błyskawicznie zmieniłem pozycję i założyłem mu mataleo.

– Zawsze ten sam błąd – wysyczałem, dusząc go. – Za dużo gadania, za mało koncentracji.

Zrobił się purpurowy na twarzy. Odklepał, poddawał się.

– Zapomnij. – Roześmiałem się. – Powiedziałem ci, że drugi raz upewnię się, że zdechłeś. – Zacisnąłem mocniej uchwyt.

***

Wybiegłam z domu. Rękę miałam wykrzywioną pod bardzo dziwnym kątem, pewnie jest złamana. Byłam tak przerażona, że nie czułam bólu. Uspokajałam małą, patrząc z przerażeniem na kłęby dymu. „Wychodź", powtarzałam jak mantrę, wpatrując się w drzwi. W takim stanie zastał mnie Łukasz.

– Kurwa mać!

Usłyszałam, że dzwoni po straż pożarną. Mówił coś do mnie, ale nie odpowiadałam mu ani słowem. Nie byłam w stanie. W końcu wyjął mi z rąk Ninę i potrząsnął mną.

– Kto tam jest? – zapytał.

– Daniel i Karol – odpowiedziałam, nie spuszczając oczu z drzwi. W końcu zobaczyłam w nich sylwetkę Daniela... i zemdlałam.

* * *

Wyszedłem na dwór, dusząc się od dymu. Chwilę później usłyszałem dźwięk syreny strażackiej. Marysia zemdlała, Łukasz pochylił się nad nią, trzymając na rękach płaczącą Ninę. Podszedłem do nich, cały czas kaszląc.

– Przyjechałem was uprzedzić, że Karol uciekł z obserwacji psychiatrycznej w Toszku.

– Dzięki, stary. Zauważyłem – wysiliłem się na ironię, wyciągając ręce do Niny.

Poklepałem Marysię po policzku. Otworzyła oczy. Przez chwilę patrzyła na mnie nieprzytomnie, a potem rzuciła mi się na szyję, płacząc i śmiejąc się jednocześnie.

Łukasz w zadumie patrzył na płomienie.

– Rozumiem, że problem Karola jest już nieaktualny?

– Udusiłem go – przyznałem, przytulając do siebie Marysię i Ninę.

– Jebie mnie to – stwierdził „Zimny" z rozbrajającą szczerością. – *Let it burn*. Czuję w kościach, że na sekcji wyjdzie, że zginął w pożarze bez ingerencji osób trzecich.

Wiedziałem, że mogę na niego liczyć. Łukasz zostawił nas, podszedł do wychodzących z wozu strażaków i zaczął im coś tłumaczyć.

– Czy już wspominałem, że nie lubiłem tego domu? – zapytałem, kiedy płomienie szalały już na parterze.

Marysia otarła oczy i wzięła ode mnie uspokajającą się powoli Ninę.

– Coś tam mówiłeś.

– Obiecaj mi jedno... – Patrzyłem na nie z czułością. – Nigdy więcej żadnych budowanych w pośpiechu domów, żadnych błyskawicznych ślubów, porwań i pożarów. Robię się na to za stary.

Uśmiechnęła się, wpatrzona z chorobliwą fascynacją w ogień.

– Chcesz mi powiedzieć, że odpuszczamy adrenalinę, będziemy siedzieć na kanapie i grać w makao, a seks tylko raz w miesiącu, przy zgaszonym świetle?

Stanąłem za nią i objąłem ją w talii.

– Brzmi świetnie.

Uniosła na mnie wzrok.

– Z batem czy bez?

– Jak Marysia woli.

Klepnąłem ją lekko w tyłek.

– Obiecuję.

Pokazała mi skrzyżowane palce.

Epilog
„Zimny” i Kinga

Łukasz leżał na podłodze, a po nim skakała Nina, śmiejąc się perliście.

– Mogę wiedzieć, Mała, jak to się stało, że zamiast rozmawiać przez telefon z Interpolem i dogrywać szczegóły najważniejszego śledztwa w tym kraju, udaję konia?

Puściłam do niego oko.

– Wiśta wio, ogierze!

– Ciekaw jestem, czy później będziesz tak samo mądra... Bo jak cię znam, to odszczekasz wszystko i będziesz mnie bardzo grzecznie prosić, żebym...

– Ciii... nie przy nieletnich. – Położyłam się obok niego i połaskotałam Ninę. Rozchichotała się jeszcze bardziej. – Obiecałam twojej siostrze, że zajmiemy się małą. Zasłużyli na kilka godzin sam na sam. Po tym, co się ostatnio działo... Przez myśl by mi nie przeszło, że chodzi o te pierdolone kamienice.

– Bo wśród twoich licznych wad nie ma materializmu. – Łukasz zaczął grać z Niną w łapki. – Od razu coś mi tu nie pasowało. Nie wierzę w zemstę dla samej zemsty. To znaczy wierzę, ale nie sądzę, żeby ktoś angażował w to aż takie środki.

– Za romantyczne by to było jak na ciebie. – Nie zdołałam się powstrzymać. – Wiesz, wzniosłe uczucia, wielkie szekspirowskie tragedie... Nie twoje klimaty, co? – Położyłam mu głowę na piersi, a Nina zaczęła mi pleść „warkoczyki". Wiedziałam, że nie rozczeszę włosów przez tydzień, ale nie miałam serca jej odmówić.

– No coś ty! To właśnie moje klimaty. Mieszkam z dziewczyną, której brat chciał mnie dwa razy odjebać.

Spoważniałam.

– Spróbuje i trzeci. Coś za długo jest spokój. A poza tym on nie jest moim bratem.

– Jest spokój, bo siedzi w Zakładzie Karnym w Raciborzu i snuje plany podboju świata. Jak w *Pinky i Mózg:* „To Pinky jest i Mózg, to Pinky jest i Mózg. Wysoki to geniusz... niski, no cóż" – zanucił, patrząc na mnie złośliwie.

– W piosence było odwrotnie. Poza tym nie jestem niska. Mam sto siedemdziesiąt cztery centymetry wzrostu. – Sądząc po jego minie, nie wywarło to na nim specjalnego wrażenia. – Powiedz mi, jak to możliwe, że Olsztyński uciekł z obserwacji psychiatrycznej? Przecież to śmierdzi wałkiem na kilometr.

– Bo to był wałek. Jego matka była w tym szpitalu. Zajmował się nią. Bardzo dobrze znał jej lekarza i hojnie go wspierał... Na tyle hojnie, że ten przymknął oko na jego samowolny wypad. Policja złapała doktorka na lotnisku w Pyrzowicach, w czasie odprawy. Planował zamieszkać na Dominikanie.

Wstałam i podałam Ninie soczek.

– Postawisz mu zarzut?

– Odpowiem po babsku: domyśl się.

– Nieeee, błagam. – Zrobiłam minę rozkapryszonej księżniczki. – Zaraz mi strzelisz focha, a jak zapytam, co się stało, to powiesz, że nic.

– Oj, zaczyna mnie świerzbić ręka...

– A potem mi powiesz, że w ogóle cię nie rozumiem... I zaczniesz chlipać... – kontynuowałam ze złośliwym uśmieszkiem. – A ja będę musiała zapierdalać do Tesco po kwiatki i czekoladki.

Rozległ się sygnał potwierdzający poprawnie wpisany kod do domofonu. Łukasz podniósł się z podłogi.

– Możesz już się ubierać.

***

Maryśka weszła do pokoju i wzięła Ninę na ręce.

– Kto to widział, żeby takie małe dziecko jeszcze nie spało?

– Świat – odpowiedziała dwulatka, wprawiając nas najpierw w osłupienie, a potem w dziką radość. Najwyraźniej odziedziczyła cięty język po mojej siostrze. Chwilę potem w drzwiach stanął Daniel i wybałuszył oczy.

– Biorąc pod uwagę, że ma stukniętych rodziców, czuję się całkowicie zwolniony z odpowiedzialności! – wykrztusiłem między atakami śmiechu.

– Dobrze się bawiliśmy. – Kinga podała Marysi torbę z zabawkami. – Łukaszowi już się oczy kleiły, ale na szczęście Nina jest w lepszej formie.

– Łukaszowi kleiły się oczy, bo musi wiecznie za was wszystkich nimi świecić – stwierdziłem.

– Skoro o tym mowa… Co z pożarem?

Daniel miał kamienną twarz, ale widziałem, że cały czas rozkminia swoją sytuację. Postanowiłem być wielkoduszny i go uspokoić.

– Podpalacz zginął. Nie stwierdzono udziału osób trzecich. Uznałem, a w zasadzie prokurator prowadzący Kamil Skoczek uznał, że wystarczy ci zarzutów jak na jeden rok. A fakt, że chłopak mojej siostry był podejrzany o udział w zorganizowanej grupie przestępczej, niemiłosiernie mnie wkurwia.

– Nie podejrzany, tylko niesłusznie pomówiony – poprawiła mnie Kinga.

– Pytał cię ktoś o coś, papugo? – Złapałem ją w talii i przyciągnąłem.

– Nie ty to prowadzisz? – Daniel najwyraźniej chciał poukładać sobie wszystko w głowie.

– Sprawę puszczenia z dymem domu mojej siostry? Albo jej porwania? Nie, nie ja. Nie byłbym obiektywny. Ja prowadzę sprawę twoich kolegów z Iraku. Będzie się działo.

Uśmiechnąłem się.

– Czy ty nie wiesz o tym, że „Zimny" uwielbia gwiazdorzyć? – zapytała złośliwie Mała. Przycisnąłem ją mocniej. – Nie będzie się bawił w jakieś zwykłe porwania, skoro może prowadzić proces, który będzie na ustach całego kraju.

„Siwy" uśmiechnął się do Kingi.

– Tia. Wiem coś o tym. Będę tam zeznawał. Choć chwilowo mam dosyć sądów. – Uśmiechnął się szerzej. – Chyba musimy się jeszcze rozliczyć za obronę, pani mecenas…

– Skasuję twojego szwagra. – Kinga nadal miała głupawkę. – Powiedział, że nie jestem materialistką, wyobrażasz sobie? Przekonamy się, czy wciąż będzie tak uważał, kiedy dostanie fakturę.

– Zapłacę zbliżeniowo. No, dobra, zabierajcie tego diabła i wypad. Nie chcę was widzieć przez co najmniej miesiąc. Możecie wpaść dopiero na moje urodziny.

– Tyle wygrać.

Daniel wziął Ninę z rąk Maryśki i wyszli z mieszkania. Przekręciłem klucz w zamku i wróciłem do salonu.

– Wspominałaś coś o kwiatkach i czekoladkach, Mała? Wiesz, że kwiatków nie lubię, a ze słodyczy to w zasadzie tylko lody.

Lekko popchnąłem ją w stronę ściany. Uśmiechnęła się.

– Jest pan ostatnim wielkim romantykiem, panie prokuratorze.

Podziękowania

Mojej ukochanej Mamie, która siłą swego spokoju, dowcipem i ogromną mądrością radzi sobie od lat z moim koszmarnym charakterem. Przepraszam, dziękuję i proszę o więcej ;)

Tacie – Ty wiesz ;)

Przyjaciołom... Za wiarę, cierpliwość, wsparcie, pomoc, godziny śmiechu i przelane wspólnie hektolitry wina. Zwłaszcza wspaniałej czwórce, która na bieżąco czytała *Podejrzanego* i zgłaszała uwagi. Jeśli coś spieprzyłam, to jest to tylko Wasza wina ;)

Redakcji Akuratu... Za zrozumienie :) Wiecie, o czym mówię :)

Ostatniemu Wielkiemu Romantykowi za... inspirację :) Fajnie było ;)

I przede wszystkim Wam, moi kochani Czytelnicy. Nie mam zamiaru się roztkliwiać, gdyż dobrze wiecie, że to nie moje klimaty, ale to wszystko dzięki Wam i dla Was :) Do zobaczenia na FB ;)

Wasz Świst :)

Książkę wydrukowano na papierze
Creamy HiBulk 2.4 53 g/m²
dostarczonym przez ZiNG Sp. z o.o.

ZiNG

www.zing.com.pl

Wydawnictwo Akurat
imprint MUZA SA
ul. Sienna 73, 00-833 Warszawa
tel. +4822 6211775
e-mail: info@muza.com.pl

Dział zamówień: +4822 6286360
Księgarnia internetowa: www.muza.com.pl

Skład i łamanie: Magraf s.c., Bydgoszcz
Druk i oprawa: Abedik S.A., Poznań